m

阅读之前 没有真相

午 夜 文 库

偶然而恐怖的相遇

[日]西泽保彦 著
温雪亮 译

新 星 出 版 社　NEW STAR PRESS

1	杀一个人需要两个坑
43	重启0
84	独角戏
121	间女的藏身处
162	偶然而恐怖的相遇

杀一个人需要两个坑[①]

"游佐老师？这脸看起来——你是游佐老师吧？"

（什么，怎、怎怎怎、怎么回事？）

"在北高中教社会学的。啊，呃，不是吗？就算是，看起来也太年轻了。不、不过，这也长得太像了。"

（你在说什么啊？不过比起那个，你是谁啊？这又是哪里？我到底是做了什么才会变成现在这个样子的？）

"好了好了，请冷静一下。我也无法判断这究竟是什么情况。反倒是我这边有一大堆问题想问你。首先，你得先给我好好解释一下。"

（我来解释？呃，解释什么啊？）

"你这样突然非法闯入别人家里，不管是什么情况，跟作为主人的我解释一下也是应该的吧。"

（你说别人的家？你说这是你的家？那你到底是谁？）

"我叫胁山，胁山陵造。"

（胁……啊，感觉好像在哪里听过。）

"如果你是北高中的游佐老师的话，我在高一的时候上过你的世界史课。不过，就算是这样，你肯定不会记住每个学生的名

[①]原文"ひとを殺さば穴ふたつ"来源于"人を呪わば穴二つ"，意为害人害己。

字吧？毕竟，那是四十三年前的事了。"

（四十三……呃呃，喂喂喂？等一下，等、等一下，那张脸。嗯，我记得以前明明不戴眼镜的，但那个蒜头鼻子配上方形脸。对，胁山。啊，是那个因为在学校女更衣室里盗窃，结果被停学的胁山陵造啊。）

"完全忘记了，但说起来，确实有那样的事。是的，就是那个胁山。哎呀，这么不光彩的事，竟然被牢牢记住了。"

（四、四十三年前是什么意思，为什么会这样说？这未免也太荒谬了。）

"如果这是一部科幻电影，我们中的一个应该是穿越过来的。但显然它不是，这看上去更像个鬼故事。"

（鬼，这怎么说？）

"现在我才发现，老师，你看，你没有脚。"

（呃，哇！真、真的。啊，没、没有。真的，没有。怎、怎么，啊，那我，现在到底是怎么站着的？）

"所以说你变成幽灵了。看那里，我在挖地的时候，感觉土里埋着什么东西。虽然看上去不是很清楚，但感觉很有可能是人骨。这是游佐老师吗？确切地说，是老师的遗体吧。换句话说，你已经死了。"

（我死、死了，怎么会？）

"但是没有成佛升天。因为遗体被挖出来的关系，你化身成幽灵了。简单来说就是这样。"

（你说我死了，被、被埋了。等一下、等一下。现在是什么年代，昭和吗？不，现在是昭和几年？如果真的过了四十三年的话，应该已经不是昭和年代了吧？）

"没错，今年是令和元年。"

（令和？就是那个高贵的公主吗？）

"不是《星球大战》里的那个莱娅公主①，是令和。称呼对方女儿时说的那个'令爱'的'令'，'心平气和'的'和'。"

（那就是现在的年号了。不，等一下，有点混乱了。公历的话是几几年？）

"二〇一九年。"

（两、两两两、两千！居然！是二十一世纪吗！哇哇哇，也就是说，距离那个时候已经过去三十八年了。）

"三十八年？啊，意思是老师已经死了三十八年了吗？三十八年前的话，也就是一九八一年，昭和时代也进入尾声了。但是，你为什么会在这种地方，究竟发生了什么？"

（我也不知道发生什么事了啊，完全不知道。老夫也想知道。）

"老夫？刚才还在说'我'，怎么突然变了。"

（因为都二〇一九年了。如果现在还活着，老夫已经七十四岁了。既然知道这一点，就不能再用年轻人的说话方式了。）

"可你看起来比明年就要步入花甲之年的我还年轻二十多岁呢。我是不是要改称自己为在下了？算了，鉴于现在的情况，还是自然点儿好。不过，游佐老师为什么会被埋在这种地方？"

（这一点老夫也很想知道。你这里看起来也不是寺庙之类的地方吧？）

"不是，只是非常普通的住宅。而且从这堆骨头和衣服的残骸来看，老师肯定没有被好好火葬吧。"

（说起来，胁山君，你为什么要在房间的地板下方挖这么大

---

①莱娅公主的日语发音是"REIA"，与令和的发音"REIWA"接近。——译者注

一个坑，而且还特意把铺在上面的榻榻米给翻起来？）

"不、不不不不，这并不重要。况且这和老师也没有什么关系吧？"

（怎么就不重要了，怎么能说不重要呢？不论怎么看，老夫就是被埋在这里的啊。）

"确实是这样。不过，又不是我把你埋里面的。"

（就算不是你埋的，也可能是你家人埋的。对，绝对是这样的。在居住房间的地板下面埋一个人的尸体这种事，外人根本做不到吧。绝对是住在这里的人干的，虽然不知道是谁干的。对，那个人一定是杀害老夫的人。）

"杀害？我的家人绝不可能杀害老师。"

（既然要隐藏尸体，那这件事绝不简单。老夫的离奇死亡一定和什么事件有关。这可是杀人事件啊，既然是杀人，就一定有凶手。）

"凶手，是指杀死老师的人吗？这样的话，说不定和那个女人有关。"

（啊，女人？）

"名字叫什么来着，北高中传说中的魔女？我的年级一直比她低，所以只听过传闻。她和有妻儿的男人发生不正当关系而成了未婚妈妈，最后退学了。对了，她叫多津子，宗重多津子。哎呀，老师，你怎么了？"

（没、没什么。）

"不愧是幽灵，完全不受重力的约束，还可以像CG动画角色一样快速向后移动啊。那还是我失学在家，或是终于考上大学的时候，总之就是我二十岁左右时，无意中听到游佐老师失踪的传闻。而且，当时人们认为与多津子有不正当关系的人就是游佐老师，不过你最终还是和她彻底分开了。毕竟这个世界上的丑闻本就相当复杂，后来这个谣言就被彻底否定了。事实上，在这之前，多津子就在交通事故中不幸去世。况且游佐老师并不是很受人关注，也没有妻儿。"

（你说什么呢！老夫、老夫啊，和多津子的私交还是很好的。嗯，就是这样的。）

"怎么说呢？当时人们传的老师失踪的原因，并不是什么私奔的美艳故事，只是说被什么人给杀害了。"

（什么叫只是啊！只是——别把一个人的生死说得就跟擤完鼻子后扔掉的纸巾一样无足轻重啊。）

"会不会是某个胡思乱想，误以为游佐老师和多津子之间有不正当关系的家伙，因为她的死精神错乱了？由于脑子变得有问题，那人便将愤怒的矛头无端地指向了老师。"

（搞什么啊。也就是说，有人为多津子的死而悲叹，并迁怒于老夫，认为是老夫杀了她。这种事，不就跟粗制滥造的肥皂剧一样嘛。）

"肥皂剧，上次听到这个词还是在几十年前。这个词大概早就不用了。"

（总之，老夫和她的感情还没有好到能让人产生怨恨的程度。）

"说到底，你和多津子之间的关系并没有那么深。"

（不不，那倒也没有。说起来，老夫失踪的原因，其实和多津子让老夫去见一个人有关。）

"去见谁？不，等一下，那个时候多津子应该已经因事故死了才对，她应该没办法拜托你帮忙啊。"

（那应该是多津子遭遇交通事故的前一天吧。她想让老夫帮她去一个熟人那里拿寄存的东西。那人的名字叫TOWAGE某某，还是是叫某某TOWAGE来着。总之就是让我去找一个叫这个名字的男人。）

"那是个怎样的人？"

（不知道，乍一看五十岁左右。老夫也是第一次见这个男人。）

"就算她再怎么拜托你，你也不该贸然去见这样一个身份不明的人吧。"

（没办法。毕竟老夫做梦都没想到自己会突然在那里被杀掉。）

"那么，你确定你是被那个叫TOWAGE的人所杀吗？然后，被埋在这里了？"

（应该是吧。那是一九八一年，学校还在放暑假，到处都在报道查尔斯王子和戴安娜王妃结婚的消息。）

"那个时候啊。那位戴安娜现在已经去世了。"

（什么，真的吗？老夫那个时候还是她的粉丝呢。那样的美貌，那样的气质，连照片都忍不住要去看。她竟然去世了。真的太可惜了。）

"查尔斯已经再婚，她的两个儿子也已结婚，连孙子都有了。不，这都是些无关痛痒的事。那时我还在复读。作家向田邦子[①]乘坐的飞机失事好像也是同一年。"

（这些我就不知道了。就像你刚才说的，那是发生在多津子死后的事。由于她死得太过突然，连老夫也备受打击，变得不知所措。其实在那之前，她在工作忙的时候会拜托老夫帮忙照顾她

[①] 向田邦子（1929—1981），日本著名剧作家，小说家。曾在1980年荣获直木奖。1981年在外出取材的路上因空难丧生，享年51岁。

年幼的女儿，这就更令人难受了。）

"啊，这么说你和多津子的交情并不完全是传闻了？"

（那些都是没有根据的流言蜚语。当时的情况是，她觉得一个三十岁过半还没有正式和女性交往过的，迟钝且正处在空虚寂寞中的单身汉，或许可以好好利用一下。而且，更主要的是，她还是老夫教过的学生……）

"请不要突然变得这么软弱。虽然多津子的死让你丧失志气，但你应该没有忘记去那个叫TOWAGE的人那里拿寄存的东西吧？"

（老夫看过新闻，知道酒后肇事逃逸的家伙被抓了。这样一来也算是告慰多津子的在天之灵了。就在我放心地松了一口气的时候，突然想起来，对了，她还委托过老夫去帮她拿东西。虽然不知道那是什么，还是由老夫妥善地转交给死者家属比较好。）

"好像问过好几遍了，你还真敢和完全不认识的人见面啊？还有，最重要的一点是，你该不会不知道要去拿什么东西吧？"

（因为听她讲已经和那边说好了，去时直接报她的名字就行，所以就没过多担心，而且去之前敦子给了我用作导航的地图。）

"敦子是？"

（多津子十岁的女儿。啊，当时是十岁。如果她还活着的话，现在……哇，已经四十八岁了，比老夫还大一轮啊！）

"那个叫敦子的女孩给老师拿来了一张地图，也就是说老师当时是在受托照顾她吗？"

（没错。多津子被酒驾司机撞死的那晚，敦子被寄放在了老夫家。因此，警方在联系家属时花费了不少时间，敦子转天才得知母亲去世的消息。暂且不说这个。之后老夫就按照多津子手绘的地图，前往那个叫TOWAGE的人的店里。）

"店，什么店？"

（咖啡馆。多津子之前就是他家的常客，好像经常带敦子去吃早餐。老夫是第一次去那里，并不清楚店里的情况。当老夫找不到店主在里面徘徊的时候，只见一个男人待在角落里一言不发，正沉浸在太空侵略者游戏中。他就是那个叫TOWAGE的人。）

"啊，是那个街机游戏吧，我失学在家期间也经常玩。当你想去咖啡店或者是其他地方放松时，就会发现这游戏随处可见。有时我甚至连预备学校的学费都浪费在这个上面了。或许是受到太空侵略者的影响，导致我连考三次。"

（老夫报出多津子的名字并说明来意，然而那个叫TOWAGE的人好像很迷惑。老夫想可能是自己没说清楚，于是重复了一遍多津子的名字，他脸色大变，并惊恐地捂住嘴巴。）

"那时店里还有其他客人吗？"

（就两三个人吧，比如躺在长椅上看体育报纸的老爷子什么的。全是看上去很闲的家伙。）

"那人一开始很迷惑，后来知道是与多津子有关的事，就脸色大变，这让人很在意。难不成那个叫TOWAGE的人是害怕让别的客人知道吗？"

（害怕让别的客人知道……是指？）

"比如害怕周围人知道他和多津子之间的关系很亲密。"

（嗯，现在回想起来，也不是没有这种可能。但是，怎么说呢，就像刚才说的，多津子是那家店的常客，自然也会认识其他的客人吧？刻意隐瞒此事并没多大意义。）

"确实如此。"

（不，等一下，说起来……呃，虽然想着不会是那个吧，话说起来……）

"怎么了？"

（你知道多津子因为成了未婚母亲才退学的吧。那时候她上高二，也就是说才十七岁。）

"好像是这样。那时我还是个小学生，所以并不是很清楚。"

（关于女孩父亲的身份众说纷纭，虽然也有人说这是骗人的，可在老夫看来，最有可能的人选是饭泉家的那位败家子。）

"饭、饭泉，啊，是那个大地主。现在说来，应该是曾经的大地主。饭泉家的土地大部分已经变成停车场，房子也被拆了。"

（哎呀，这就是恍如隔世的感觉吧，果然已经过去三十八年了。）

"是的。平成都结束了。"

（平成，那是什么？）

"年号啊，昭和后面的。"

（你不是说，昭和之后是莱娅，不对，是令和吗？）

"从一九八九年改元平成之后大概过了三十几年，今年五月又改成新的年号令和了。直到今年四月为止还是平成。"

（竟、竟然跨过整整一个年号。那时老夫才三十六岁啊。）

"如果你还活着的话，现在应该已经七十四岁了，这也是没办法的事。先不说这些，让多津子成为未婚母亲的，并不是街头巷尾传说的有家室的成年男人，而是饭泉家的那位败家少爷？"

（他和多津子同龄，当时也是高中生，所以不能如此草率地结婚吧。大约过了十年，有传言说多津子将带着孩子结婚。如果稍微回想一下，其实很早以前就有传言说多津子已经结过婚了，我不太确定真伪，但据说对方是个富有的男人。）

"哎呀哎呀！把年幼的女儿留在游佐老师家里让你照顾，然后跑去和别的男人……先不说有钱这种先决条件老师你赢不了人家吧，还被多津子抓住弱点加以利用。"

（如果是富有男人的话，即便对方是饭泉家的败家公子也不奇怪。虽然有些曲折，但老夫想知道他们最后有没有成为正式夫妻。当然也有可能多津子的结婚对象不是饭泉家的败家公子，而是一个完全不同的人。）

"你说完全不同的人，难道是那个叫TOWAGE的人吗？那个人是多津子的结婚对象吗？"

（可能出于某种原因，他和多津子的关系必须保密。如果是这样的话，就可以解释为什么当老夫问他关于多津子寄存的东西时，他会显得如此惊慌失措了。）

"嗯，但是TOWAGE给人的印象是他很有钱吗？是那种咖啡店每天都客满，他高兴得合不拢嘴的样子吗？"

（呀，怎么说呢，店里更像是快倒闭的样子。他光顾着玩太空侵略者，看上去有些心不在焉，对客人更是爱搭不理。）

"要是这样的话，如果多津子和这种人将要结婚或是已经结婚，那就有点令人想不通了。"

（嗯，确实是。）

"我想他们之间肯定有着不寻常的关系。毕竟游佐老师，你是被这个叫TOWAGE的人给杀的吧？"

（老夫想不到其他人。不管怎么说，和他见面后的记忆完全没有了。）

"从见面到告诉对方来意，就是你全部的记忆吗？"

（他还把老夫带到厨房里面，说会交出多津子寄存的东西。一直到这里，老夫都完全没有起疑心，但当老夫把手伸向后门的门把手时，意识就突然消失了。老夫觉得头部受到严重的冲击，

10

应该是被人从背后袭击的。当老夫回过神来，已经是三十八年后和胁山君见面的时候了。）

"他可真是个大胆的家伙。虽说你被带到厨房里面，但店里应该还有其他客人吧。姑且不谈具体是怎么下手的，他趁你不备当场将你打倒并杀害，而且还是冒着被人发现并且报警的风险，不仅大胆，还给人一种太性急的印象。那应该是个非常危险的东西吧？"

（危险的东西？你是说多津子寄存在ＴＯＷＡＧＥ那里的东西吗，你说危险是怎么一回事？）

"简单来说，就是和犯罪有关的危险物品。"

（啊，犯罪？）

"虽然只是想象，但那个叫ＴＯＷＡＧＥ的人或许很不愿意与这件事扯上关系，因为他知道这是件要命的玩意儿。如果没做好的话，自己也有可能被抓。但这却是多津子拜托的东西，也有可能是在她的命令下，他极不情愿地代为保管。因为他被多津子迷得神魂颠倒、不可自拔，所以无法拒绝。多津子到底有着怎样的魅力啊！"

（嗯，至少被迷得神魂颠倒这一点对老夫而言很有说服力，因为老夫也是这样。）

"虽然不情愿帮忙保管，但关键人物多津子却因交通事故死掉了。ＴＯＷＡＧＥ肯定十分震惊，但同时又感到安心——啊，这下终于能从危险之物的魔咒和恐惧中解脱了，所以他才会轻松愉快地玩着太空侵略者。"

（虽然这听上去不靠谱，但又觉得有点道理。说句难听的，也就是多津子的死让他活过来了。）

"是的。在这个时候，自称是来帮她拿东西的游佐老师来了，"

这令他非常恐慌。虽然老师并不知道多津子交给他什么东西，但从TOWAGE的态度来看……"

（是、是啊。他可能误以为老夫知道那个可怕的东西是什么并要来拿走它。）

"如果不马上封住老师的嘴就完了。一般来说杀人都是找准时机，选择闭店或者改天行动，这样能降低风险。他却突然当场下手，应该是已经被逼到不行了吧。"

（原来如此，是这样啊。等一下，现在不是关心别人的时候。那个让人不惜夺走老夫性命也要守住的可怕的物品到底是什么啊？）

"非常遗憾，那是什么东西已经不得而知。毕竟已经过去二十八年了，不管是什么东西，大概率已经被处理掉了。那个叫TOWAGE的人，如果按当时五十岁来算的话，也不知道现在是否还活着。"

（不过，还有件事让人难以理解。为什么要特意把老夫的尸体搬到你家里，然后埋在地板下面？TOWAGE在他的店里把我杀害，就这么放在店里肯定不行，所以得找别的地方抛尸。到这里还能想得通，但为什么偏偏是这个地方？）

"这也正是我最想知道的。为什么选在这里？"

（同样是抛尸地点，能选择的地方明明有很多，比如山上或是河里，但他却大胆地选择埋在这里。这应该有什么理由才对。）

"什么理由呢？"

（直截了当地讲，那个家伙和你，或者是你的家人走得比较近。除此之外，老夫想不出别的可能了。）

"就算你这么说，先不管你信不信，我真的不认识叫TOWAGE的人。不管TOWAGE是姓还是名，我的朋友或是亲戚都没有叫这名字的人。我可以对天发誓。"

（还有一点刚才被你巧妙搪塞过去了。说起来，你为什么要挖出老夫的尸体呢？这个坑又是出于什么目的挖的？）

"不，这件事无关紧要，不是吗？"

（也不是无关紧要吧。这个行为很不自然，透着一股犯罪的味道。虽然只是猜想，你该不会是想在这里埋谁的尸体吧？啊，你的表情，哈哈，被我说中了吧。）

"这和老师没什么关系吧？"

（嗯，说得没错，确实没什么关系。总之，你现在把事情和盘托出也没什么，因为最重要的一点是，老夫已经死了。一个死人知道一两个秘密也没什么吧。）

"不、不不不，我还是有顾虑的。就算游佐老师已经死了，可你还能说话，是能把此事说给他人的。"

（关于这件事，严格地来说，老夫现在并不是在讲话。）

"为什么这么说？"

（举个例子，看，那边不是有个镜子吗？但是不论怎么看，镜子里是不是只能看到你一个人？）

"啊，真、真的。完全没有老师的身影。呃，完全没注意到。但是，在某种意味上，这不是理所当然的吗？毕竟你是幽灵，没有实际的身体，所以镜子也照不出来。"

（没错，就是这一点，没有实体。也就是说，老夫其实并没有发出声音。）

"你能发出声音，还很清楚，现在不是正在和我说话吗？"

（你听见的并不是声音，应该是像意念一样的东西。也就是说不是通过耳朵，而是直接通过大脑接收到这个意念的。老夫的身体也是一样，由于没有实体所以镜子照不出来。因此你所看到的老夫，也不是通过视觉，而是通过你大脑中的某种幻象直接呈现的。就是因为这样才叫幽灵啊。）

"总觉得不太对，说得太绕了。总之，你想表达什么？"

（假设这里有你和老夫以外的第三个人在场，第三个人只能认知你的存在，并不能感知老夫和你之间的对话。从第三个人的角度来看，你和老夫的对话只是你一个人在自言自语，还做出了奇怪的动作。就是这样。）

"也就是说，除了我以外的人既看不见游佐老师也听不见你说话吧。所以不论我说出怎样的秘密，都不用担心会被你泄露出去。你这也是为了让我能放心地说出一切吧？哎呀！你承诺能保密就直接说出来，为何非得绕一个大圈子啊。"

（只是想让你稍微放心，并希望你能理解老夫的这个心思。）

"但还是无法实际证明，除我以外的人看不到老师的身影，也听不到老师你的声音。而且就算这件事得到证实，我也不会轻易泄露敏感的个人信息。"

（不管怎么说，老夫已经知道了你做出这样可疑的行为——特意把榻榻米抬起来，然后在地板下面挖个坑。如果有人到处说这种行为一定是在掩埋尸体的话，你该怎么办，会很为难吧？）

"你刚才明明说，除了我以外的人既看不见你也听不见你说话。"

（也有其他可能性吧。刚才你不是也说这事还没有得到证实吗？）

"哎呀，不管你怎样给我下套，我都不会说的。好了好了，我知道了。我放弃挣扎，不然稍不留神就会被缠得更紧。遇到像老师这种不管水煮还是火烧都摆脱不了的滚刀肉，也是我的福气。但是，我不会接受关于这个坑的批评或说教的。"

（虽然不知道是何人被杀，但反正这已经是三十八年后的事了。不管听到谁的名字老夫都不会吃惊。）

"毕竟是四十多年的事了，所以老师大概也不会知道。将被埋在这里的，是一个名叫曾根原健儿的男人。"

（什么？感觉你像在开玩笑一样。这明明就是杀人嘛。）

"严格来说还在计划中，还没杀呢，之后才会实施。"

（之后？啊，原来如此。为了杀完人后能迅速处理尸体，所以先挖个坑准备着，想得还挺周到嘛。费这么大劲儿也要除掉的人，看来你对他怨气很重啊。）

"不，我倒没有。我对他并没有什么怨恨。"

（没有怨恨吗，那为什么要杀他？）

"更没有自己动手的打算。我只是给阿敦帮忙，仅此而已。"

（阿敦？）

"我的员工，叫松延敦子。"

（员工，你也在经营着什么店吗？）

"是居酒屋，叫'UETA'。这里既是店铺也是我的住处。"

（你叫胁山，那店名就是你的姓氏吗？）

"这原本是舅舅开的店。我大学中途退学，也没有打工，就这样无所事事地在东京生活了一段时间。之后父母相继去世，我无法再指望家里给我打钱，无奈之下只能返乡。我受到舅舅的照顾，在店里帮忙打下手。十几年前，舅舅病逝之后，我接手了这家店。"

（假名拼写的"UETA"是吧？啊，感觉好像在哪里听过，又好像去过，可老夫不善饮酒。嗯，应该是没去过。）

"是不是在学校聚会之类的应酬时，被带来过？"

（好像也没有那种记忆，算了，不管了。那个员工是女的吗？还有她想要杀掉的叫曾根原什么的人，两人是什么关系？）

"虽说是夫妻，但是没有登记，属于同居关系。男人比她小一点，现在待业。说白了，这就是个吃软饭的家伙。"

（原来如此。阿敦想要断绝与姘头的关系，便用肉体诱惑身为老板的你，让你成为帮凶。）

"这是肥皂剧常见的套路吧。虽然很羞耻，但确实是这样的。"

（这么说来你明年就到花甲之年了吧，有家人吗？）

"结过一次婚，但没维持多久。在无法维持那种放荡、奢侈的生活的时候，我就被对方迅速抛弃了。钱一花光，缘分也就到头了。"

（放荡、奢侈的生活，钱花光了。哈哈，你不是说自己没有工作，靠父母打钱生活吗？）

"反正已经过时效了，我就坦白说吧，其实算是一笔意外之财。大学入学前，我忘记是从哪里获得了一亿日元的巨款。当然，这种事不管是家人还是朋友，谁都不知情。"

（你是干了什么事才拿到这一大笔钱的，中彩票了吗？）

"你也可以这么想。哎呀，那真是太壮观了。波士顿包里塞满一沓又一沓捆好的万元大钞。说起来，那个时候印的还是谕吉呢。"

（谕吉是什么东西？）

"万元钞的旧称。游佐老师的时代，纸币上的肖像应该还是圣德太子[①]。好像是在一九八四年的时候，肖像改成了福泽谕吉。"

[①]日本旧版一万日元纸币上面的肖像是圣德太子。

（哦，还有这种事？）

"但是，为了和新的年号对应，过几年又要换了。"

（哎呀，还真是瞬息万变。这次又是谁？）

"涩泽荣一，是位有名的企业家。我之前以为这人肯定是荒俣宏[①]《帝都物语》里的虚构人物，就说了什么'原来是胜新太郎[②]啊'之类丢人的蠢话。"

（你到底在说些什么啊？）

"那个暂且不说。当自己被大量圣德太子包围，就很难再保持理智。因为不能放在老家，我去东京上大学的时候就偷偷带走了。哎呀，真是让人提心吊胆。因为这事谁都不知道，存到银行我也不放心，于是我把这些钱藏在廉价公寓的壁橱里，尽可能不去碰。有一次，我无意中去了次泡泡浴。啊，游佐老师那个年代还叫土耳其浴吧。总之人一旦沉溺在风俗店中，就会越发依赖，挥金如土，放荡不堪，生活质量如雪球滚下山坡一般下滑。"

（怎么说呢，你这就是典型的自甘堕落。）

"复读了三年才考上的大学，也因为挂科太多，中途退学了。"

（虽说不至于吧，你该不会把那一亿日元全花在风俗店上了？）

"是的，大概都用在那上面了，花在一个在粉红沙龙认识的女人身上。粉红沙龙现在应该还有，不过，不知道老师那代人是否知道。"

（当然知道，就是色情陪酒、性感内衣之类的那种沙龙吧。）

[①] 荒俣宏（1947-），日本博物学研究家、小说家、翻译家。曾凭借《帝都物语》荣获日本SF大奖。

[②] 在《帝都物语》里面，曾出现过涩泽荣一这个角色。在电影版中，扮演涩泽荣一的人正是胜新太郎。所以才会闹出这种笑话。

"性感内衣沙龙还是第一次听说。不管怎样,我就是在这种提供性服务的店里认识了那个女人,也不知道是不是心血来潮,稀里糊涂地就和对方结了婚。也许当时我还抱有不切实际的浪漫幻想,觉得在东京结上婚,夫妻俩能一起开个店什么的,但到了那个时候,经费早就已经花完了。"

(一亿日元都用完了吗?你真是疯了。)

"确实是疯了。十几二十岁的男人脑子里只有这个,游佐老师你应该也有所体会吧?"

(嗯,这种事对于我这种忝居末座的男人而言,实在无福消受。)

"复读的时候很苦啊。整天满脑子想的都是女人的裸体,压根儿就读不进书去。因为憋闷,只要能做那种事的话,我想是谁都无所谓,然后抓过来就开干。不、不,别拿那种看垃圾的眼神看我。只是妄想,妄想,不可能实践的。好吧,虽然我确实一直都有所准备,以便随时找到猎物。"

(准备什么?)

"如果有幸真的可以绑架、监禁一个女人,我真想玩弄一番。等满足过后,必须想办法灭口。如果稀里糊涂放走女人,被警察抓进去的话就麻烦了,所以,只要一狠心……"

(喂、喂喂喂!)

"这就是为什么必须在家里偷偷挖一个坑,到时候就可以在杀人灭口后埋藏尸体了。"

(真可怕,真可怕。)

"不过,我说的不是现在挖的这个坑,而是大约四十年前我还在复读时候的事。"

(谁知道啊!你真是个危险的家伙。当你因为试图从女更衣室偷泳衣而受到处分的时候，老夫就认定你不是什么好人了。没想到你这个性欲异常旺盛的家伙，竟然会以杀人为前提，企图对女性施暴。）

"这就是男人啊。虽然这个世界上有那种就算什么话都不说也能让女人主动张开双腿的男人，但像我和游佐老师这样的，即便是倒贴，也不会发生这种好事吧。即使我努力搭讪，也不会有什么结果，所以我别无选择，只能诉诸金钱或暴力。"

（住口，太恶心了。不要擅自把老夫与你混为一谈。）

"所以，我要想结婚，还得趁着有钱的时候结。可我一结婚就没钱了，只好伸手跟妻子借钱。然后一个自称是她哥哥，看起来很奇怪的黑道上的人出现了。他逼着我支付赡养费，并在离婚申请书上盖章。"

（先不管赡养费的事，从前妻那儿借的钱都还清了吗？）

"结果就是不了了之。我东躲西藏想办法逃走。哎呀，真可怕，我还以为要把命都搭进去了呢。"

（他们居然就眼睁睁看着你逃走了，虽说是黑道上的人，但也没什么大不了的，这方面也许真是你运气好吧。哎，说到逃债，多津子也经常引起这样的骚动，还把老夫也卷了进去。去接她女儿时，多津子会给老夫几张写着电话号码的纸条，正当老夫想这是什么的时候，她就说要按指定顺序和时间打电话过去，然后和对方说让她接电话。那时，我也没问为什么，就照做了。）

"怎么回事？按顺序拨打指定号码，让多津子接，然后呢？"

（老夫一开始也搞不懂为什么要这么做。简单来说，这些电话都是多津子债主的号码。如果催着她还钱的话，她就会先去债主那边拖延一下时间。这时我打电话过去，让她接听电话。然后，老夫什么都不用说，多津子就说："是、是，明白了，马上就去那里。"很快结束对话并挂断电话。）

"原来如此，这是找借口尽快结束谈判的策略吧？所以，每当她去债主那儿时，就会重复一遍这样的操作，让接电话的人误认为游佐老师是别的放高利贷的人，这样就不好意思扣着多津子不让她走……是这样的安排吧。哎，总觉得不是什么好方法。"

（确实，虽说能应付一时，但不知道能起到多大效果。老夫还被指示在打电话的时候一定要用公共电话，这也是多津子想出的办法，应该是想演出真实的效果吧。）

"演出？啊，因为用以前的公共电话打来的话，硬币掉落的声音对方也能听到。是不是想让放高利贷的人担心，误以为那些黑道的人现在在附近出没？又或是想让那些债主有所顾忌？我也搞不清楚。"

（多津子死的那天也是，曾让老夫给好几个地方打过电话。听说在她被汽车撞死时，身边滚落了一个波士顿包，里面装有写着银行名字的空信封。虽然不可能一次还清债务，但她肯定正在四处还债吧。）

"结果我倒是赖掉了账。啊，没办法，毕竟我失去了一切。在我离婚后，我的父母也相继离世，虽然我回了老家，但也没有别人可以依靠。"

"那个，店长。"

（所以你就辗转到你舅舅那里。虽说是像你这样的废物，但毕竟是血脉相连的外甥，他还是把你留下了。）

"喂，店长。"

"舅舅一辈子都是单身，但倒也并不是因为这个。其实我复读的时候也一直麻烦他，从这里去补习学校比从家里出发还方便，所以索性就住在这里。"

"店长！店长啊！"

"哇！吓我一跳。什么啊，原来是阿敦。呃，怎么了？你从什么时候开始在这儿的？"

"我叫你几次都没有回应，就到这边来看一下，结果发现你在嘟嘟囔囔地自言自语。"

"自言自语？不，没有。"

（你看，是吧？果然只有你能听到老夫的声音。哦，这就是让你变成帮凶的人。嗯、嗯嗯，长得相当不错，是个漂亮女人。难怪你会帮忙杀人。）

"我正在挖坑呢，从土里挖出了奇怪的东西。看，这怎么看都像是人骨。我说，阿敦你怎么看？"

"在说什么啊。喂，店长，请你认真对待这件事，还没真正开始实施计划呢。"

"不，因为这个，你好好看看。这怎么看都是人骨。"

"这只是垃圾吧。是不是因为一会儿就要真的埋尸体了，所以你太紧张，导致你不论看什么都不正常。这一定是错觉，是错觉。"

"但是，这里站着的，你看，这个男人。"

（没用的，你别费劲了，她是看不见我的。）

"啊，男人？什么啊，你在开什么玩笑，脑子没问题吗？"

"不，没什么没什么。说起来阿敦来得真快啊，曾根原呢？"

"现在还在车上。别担心，他已经睡死了，我给他灌了好多酒，他醉得不行。"

"也就是说，他还没被杀死，还活着？"

"当然啦。你不会以为我要把他的尸体运过来吧？是不是傻啊，死人很重很重的，这么麻烦的事我才不会去做。我找了个由头把他骗到这里，在这里杀掉他就能合理地节省搬运时间。你连这么简单的事情都不知道吗？"

（她虽然是在说敬语，但是渐渐就变得没礼貌了。店长这个尊称也只是一开始说过几次。）

"真是多管闲事。啊，不，不是和阿敦你说的，是我自言自语。唔，哎呀，是没睡醒吗，好累啊。"

"不知道你在说什么，这个给你，能清醒一下。"

"哦，谢谢。我正好想喝一杯星巴克。"

"不好意思，里面装的不是咖啡，这个只不过是星巴克的不锈钢随身杯而已。"

（行吧客，碎申被？这两个人是在说什么暗号吗？）

"只是普迪的麦茶。"

"没事，是什么都行。嗯嗯嗯，啊，舒服了。"

"缓过来了？那么，加油，再好好挖挖，别让我一直盯着。如果我不过来看你的话，你就打算把铁锹扔一边，一直偷懒吧？"

"不不，没这回事。没事、没事，那么我再好好努把力，嘿咻嘿咻。"

（哎呀！活该，完全就是妻管严。就算你杀死她的姘头成功上位，你的家庭地位也就这样了。）

"嗯，咦？怎么了阿敦，为什么要像刑侦剧中现场取证的警察一样戴上白色手套？"

"这不是废话吗？接下来可是要杀一个男人，然后把他的尸体埋在这里啊。肯定不能轻易留下自己的指纹。"

"原来如此。是啊，将尸体埋在这里，他就相当于失踪了。如果触摸过曾根原的尸体，那日后就要担心会被检测到指纹。

嗯，啊……咦？"

（喂！胁山，你怎么了？）

"胸、胸有点……呃，这是怎么了？胸口好难受。呃，什么啊，这到底是怎么了？啊，阿敦你？"

"嗯，终于起效果了。"

（好家伙，没想到，这个女人……）

"怎么回事？到、到底怎么回事？阿敦，你在里面加了什么东西？说起来，刚才喝的时候确实有某种怪味。"

（喂喂，这种事应该马上注意到才对吧？说起来胁山你以前就注意力不集中。）

"啊，哎呀，真是漫长。终于可以和你说再见了。不要再给我添麻烦了。快点儿去死吧。"

"为、为什么？可恶。为什么，为什么啊？可、恶……"

（啊，啊啊啊，小心啊胁山，那边有铁锹，啊……）

"呀！什、什么，你这个蠢货想干什么？危……"

（啊，啊啊啊啊。喂喂，两个人都振作点。已经晚了。女人看起来还没死。但是，看见手脚张开毫无防备就晕倒在地的女人，突然产生了某种奇怪的冲动。虽然这样说，可惜因为变成幽灵了，想摸也摸不到。那就稍微意思一下也好，嘿嘿，对不住了。哇，这个胸，这个小肚子和大腿上的脂肪，真是绝了。嗯，啊、啊啊啊！）

（等、等一下。咦，这到底是怎么回事啊！）

"什么啊，原来是胁山啊。咦？喂，你那是怎么了？突然变成了两个人。"

（两个人？不、不是，不是那样的。）

"啊呀，仔细看的话，这边的胁山没有脚，为什么会这样站着呢？啊，也就是说，倒在那边的胁山已经……"

（等、等一下，等一下。敦子，你怎么了？到底在说些什么啊？）

"敦子？嗯，哦？这，能摸了。哦哦，能摸胸了，是自己的胸啊，哦吼，柔软且富有弹性。"

（什么啊，为什么摆出一副蹩脚AV女优的姿势。刚才还在那边的游佐老师的幽灵不见了，也就是说，不会吧，难不成你……）

"嗯，看起来确实是你想的那样。老夫现在已经附在这个叫阿敦的女人身上了。你看，镜子里映出来的动作和我想做的完全一样。你快看，哦哦哦，这屁股的弹性真不错嘛。"

（为、为什么，为什么会发生这种诡异的事！）

"这谁知道啊。你被这个女的下了毒，然后就开始难受起来。你朝坑的方向倒下去，踩到了铁锹，在杠杆原理的作用下被铁锹翘飞，扑到了女人的面前。在快被攻击之际，她想要躲开，但是躲避时的姿势不太好，后脑勺撞到墙上昏倒了。事情的经过大概就是这个样子。但是没关系，老夫，哦不对，是这个女的还没死，只是失去了意识。"

（也就是说，在敦子失去意识的瞬间，身为幽灵的老师就依附到这个身体里了？这怎么可能啊？！）

"没办法。虽然很不可思议，但确实是真的。而且，你刚被这个女人杀掉，就马上变成了幽灵。"

（确实，我果然已经死了。呜呜呜，真讨厌，就只能这样俯视自己的尸体，这应该是我能想到的最恶心的体验了。人生真是令人摸不透。）

"老夫也就不吐槽'搞什么，你的人生就这样结束了'之类的话了。"

（老师你现在正在用敦子的身体吧？再怎么说也是实体，能控制身体和声音，然而我连脚都没有，这情况和刚才截然相反。）

"是这样的。嗯，确实和刚才不一样，真的是在通过声带发出声音。歌唱家的身体就是乐器，这种比喻真是太巧妙了啊。发出声音时感觉全身都在震动，这胸前丰满的乳房也在摇晃。啊，不好意思，真是少见多怪了，忍不住模仿了塑封书①上的模特。"

（塑封书，真是让人怀念，但是这个词现在也不用了。不，这和现在的情况没什么关系。所以这到底是怎么个情况，敦子为什么一定要杀我啊？）

"这确实是个让人苦恼的问题。这应该就是常见的那种事吧，看上去是让你来帮忙杀害姘头，但实际上你才是那个惹人厌的家伙。也就是说，胁山君，这个女人从一开始的目标就是你。"

（为什么，为什么一定要杀我啊，曾根原的事怎么着都行啊，直接和我断绝关系不就好了，为何非要冒杀人这么大的风险呢？）

"应该是感觉不可能轻易就能断绝关系吧。再不济你终究还是她的老板，再加上她害怕你一旦上钩就死皮赖脸不撒手的狗皮膏药的性格。所以，除了杀人，没有其他办法。"

（别擅自把人当作跟踪狂。跟老师说跟踪狂这个词估计你也听不懂。无所谓了，不过我并没那么死皮赖脸。不不不，反而是敦子非常积极地接近我。）

"男人都是这么想的——是我罪恶的容貌把女人迷得神魂颠倒。算了，胁山，你还是认清现实吧，你被这个女人背叛了。"

---

① 二十世纪七八十年代在日本流行的色情书刊，为了使顾客不在书店里随便翻阅，特意在上面套上塑料包装，因此而得名。

（那曾根原呢，说他喝醉了躺在车里睡着的事难不成是骗人的？）

"怎么说呢，也有可能根本就没把他带过来。"

（那就去看一下吧。嗯，啊啊啊？到底怎么了，好奇怪啊，到这里就不能再往前走了，为什么？）

"说起来，老夫刚才也是这个样子。在这里不能随意走动，就好像行动范围被限制了一样。"

（刚才你不是还能突然后退很远吗？）

"那已经是极限了。如果从那边再想往外移动，就会有种被什么东西给推回来的感觉。看起来，行动范围应该是被强行限制在这个坑的周围。嗯，据我所知，幽灵是不能从死亡现场移动到其他地方的，也就是所谓的地缚灵。"

（就是说，其实幽灵都是地缚灵？）

"不是很清楚。总之，因为你不能从这里出去，所以老夫帮你去车里看一下吧。这个女的还活着，能自由走动。啊，痛，好痛，是刚才后脑勺撞墙的缘故吗？这是什么啊，好痛，感觉起了个包。算了，应该没事，你在这里稍等一下。"

（那就拜托了。但是，这是真的吗？真让人不敢相信，我真的已经死了吗？呜呜呜，真讨厌。我才五十多岁啊，还有好多事没做啊。趁着身体还健康，还想再做那种事呢。但要这样抱怨的话，老师肯定会教育我"你都活了快六十年，已经够本了，老夫可是连四十岁都没活满"吧？）

"你在那儿自顾自地抱怨什么呢？"

（啊，回来了啊，怎么样？）

"那也叫汽车？完全像个横放的洗衣机。那个跟愚蠢的方形盒子一般，散发着淡粉色光泽，看起来像是汽车的东西就横放在门口。"

（从老师的时代来看，可能是有点夸张的设计。如果是粉色的轻型汽车的话，那就是阿敦的车。曾根原坐在上面吗？）

"虽然不知道曾根原长什么样子，但确实有个男的瘫坐在车的后座。他头发剃得很短，留着胡子，身材匀称，脸色有点难看。"

（那大概就是曾根原了。敦子这个家伙，要杀丈夫的计划并没有改变吗？）

"说起来，他好像已经死了。"

（咦？）

"透过窗户看，他并不像是在睡觉。于是老夫就开门碰了下那个男人的身体，既没有呼吸也没有脉搏，很明显已经死了。"

（真的吗？那就是带到这里之前就被杀了。）

"看起来是这样的。但并没有死了很久的那种冰冷又僵硬的感觉，应该是刚死不久。"

（但是，好奇怪啊。原本是计划把他弄下车，然后带到这来再杀掉才对。敦子这家伙到底想干什么？）

"刚才叫着阿敦，现在就直呼其名，称她为这家伙了。也正常，正所谓爱之深恨之切嘛。"

（难道不奇怪吗？如果在车里将他杀死，那就必须费力将沉重的尸体搬到房间里来。这可是敦子非常嫌弃的事。）

"她大概并不准备把曾根原的尸体埋在这里吧？"

（啊？）

"这个女人应该只打算把曾根原的尸体丢到车的后座，然后开车到很远的地方，把车一丢就行了。这样就不会很麻烦了。"

（不，怎么可能！这样就不需要处理尸体了吗？）

"怎么说？"

（因为，如果在敦子的车里发现非正常死亡的尸体的话，她即使不愿意，也会受到警方的调查。如果发现死的是她的姘头，那她肯定会被怀疑是不是和这件事有关。这不是引火烧身吗？）

"正因为是姘头，所以曾根原偷开她的车这种事也没什么不自然的地方吧？"

（什么意思？你是想说被发现的敦子的车其实是曾根原开的，然后警察会往身份不明的同行者将其杀害之后逃跑这方面去想吗？怎么可能，如意算盘打得未免也太好了。如果后座出现非正常死亡的尸体，一般都会认为那辆车的司机就是凶手。敦子自然会成为最重要的嫌疑人。）

"是这样没错。但是，如果在车里检测出有第三者存在的证据的话，情况不就又不一样了吗？"

（第三者，是指谁？）

"比如说，与曾根原情人有着三角关系的男人。"

（呃，那是……那是，也、也就是……）

"没错，就是你胁山。假设这辆被遗弃的车在山里被人发现，在后座的曾根原尸体旁滚落出这个东西的话，情况会变得如何？"

（星巴克随身杯？别人大概会问这是什么东西？）

"喂！认真点。快点回想，刚才你干了什么？你从这个女人手里接过这个东西，然后不就把里面的东西一饮而尽了吗？最后这上面有你的指纹，而且还沾满了。"

（指纹……）

"因为你没戴手套啊。那么这个女人呢？看，就是这样，人家好好戴着手套呢。"

（也就是说，呃呃，也就是……）

"曾根原的尸体上没有明显的外伤，估计和你一样是被下毒了。警察肯定会把搜查方向集中在和尸体一同出现的容器上，上面残留的指纹的主人——也就是你，一个叫胁山陵造的男人，因为看上了女店员，所以对他的姘头产生杀意。你找借口将曾根原骗出来后，再用准备好的毒药将其杀害。总结下来大概就是这样一个过程。"

（但是我也被杀了。这样的话，就算被诬陷了，不也无法将我逮捕吗？）

"这个故事还有后续。杀害曾根原后，你开着他开来的车前往山里或者海边，总之就是适合的地方。最初为了不被人发现，你打算处理掉尸体，但怎么也没有想出好的处理方案，不得不遗弃汽车并为了躲避逮捕而逃跑。这个女人大概就是这么想的吧。"

（逃跑，往哪里跑啊？）

"你其实是失踪了。虽然被认定为逃跑，但实际上已遭人杀害，尸体被深埋在不为人知的地下。没错，你不是在为处理曾根原的遗体挖坑，而是为自己挖了这个坑。"

（也就是说，敦子从一开始就打算把我和曾根原都杀了，可这又是为什么呢？）

"这就不知道了。这也是常有的事，可能她还有第三个男人，又或者有其他动机？"

（嗯。曾根原会不会有什么线索，要不直接问问他？）

"咦，问他？喂喂，刚才说了曾根原已经死了。啊，原来如此，他可能也变成幽灵了吧？"

（这很有可能。我也是死后就变成了幽灵。老师现在是附身在活人的身上，但是之前被挖出来的时候不也是幽灵吗？）

"原本是这样的，但是完全没有感觉到曾根原变成幽灵的气息。现在想来，如果他变成幽灵，应该也是地缚灵才对，活动范围只限定在断气的地方。看看，你不是只能在你死时的房间里活动吗？"

（之所以没有在这附近见到曾根原的幽灵，是不是因为他在来这儿之前就被毒死了？）

"例如，这个女人偷偷在家里的饮料里下毒，曾根原在不知情的情况下喝下饮料然后开始感到痛苦，这时这个女人就找个类似带他去医院的借口，把他骗到车的后座上。然而还没出发，曾根原就当场死亡。当然咱们并不知道实际情况是不是这样，毕竟这只是一种假设，就算假设出原因和背景，也没有确凿的证据。但是，哎呀，如果是这样的话，就会得出一个重要的假设。"

（怎么了，你脸色怎么突然变了？）

"三十八年前，老夫就是在这个房间里被杀的。肯定是这样的，因为除此之外，老夫再也想不到其他的情况。"

（原来是这样啊。但不是那个叫TOWAGE的人把游佐老师给杀了吗，和我到底有什么关系？）

"这件事吧……其实老夫刚才去外面看车的时候，顺便瞥了一眼这家店的招牌。"

（招牌，是指"UETA"吗？）

"想起来了，三十八年前在受多津子委托取回寄存之物时，老夫千真万确来过此地。这回全想起来了。招牌上确实写着'UETA'。"

（但不应该是放着太空侵略者街机游戏的咖啡店吗？）

"是这样没错。"

（可我家没这种东西，不信你去店里看看。现在这个时代，通常都不会放太空侵略者这种复古街机游戏了。）

"店名是怎么来的，是你舅舅的名字吗？"

（是啊。其实准确来说不是"UETA"，而是"UETAO"。）

"'UETAO'，虽然有点失礼，但是老夫没听过这个名字。"

（在本地应该比较少见。舅舅生前也为这个名字烦恼过。在电话里报名字的话，也要说好几次。有时候即便说过好几次，还是会被误叫'UETA先生'。听说他后来实在没办法，开业时只好把店名改成日语假名的'UETA'。就算用汉字来写，也没人能正确地读出来。）

"汉字写成什么？如果是上下的'上'加上田圃的'田'以及尾巴的'尾'这三个字组成的名字的话，应该还是见过的。"

（那应该念"UEDAO"吧。这个名字也经常有人搞错，但是舅舅的名字没有那个浊音，而且不是三个字，是两个字的"UETAO"。上下的'上'，呃，还有一个是什么字来着，想不出"TAO"是什么汉字了。）

"喂，那可是你的舅舅啊！不管怎么说，他好歹也是你母亲的兄弟，你怎么可能不知道他姓氏的汉字，这也是你母亲的旧姓啊！"

（就算你这么说，其实我小时候就在想："咦，这个字念'TAO'吗？真不可思议啊。"实际上，我平日里甚至都没机会写这个字。）

"你不是继承了舅舅的店铺吗？手续上不可能不写被继承人的名字呀。"

（有可能是没写，这毕竟也是十几年前的事了。）

"太惊人了，老夫都不知道该说些什么好。你到底是个多么没常识的人啊。"

（不要对一个复读三年，然后从五流大学退学的男人寄予过高的期望。即使是亲戚，也有很多记不准名字的。我朋友中就有这样的人。他的妹妹嫁给一个叫畠中的男人，其实是读"HATAKENAKA"，但他一直错误地认为是"HATANAKA"。最后知道正确的读法是在他妹夫的葬礼上。）

"虽然不知道这是不是真实的故事，但别举这么极端的个例啊。"

（虽然很极端，却是真的。）

"你高中被处分停学的时候，也是以这种非常离奇古怪的论调进行辩解的。说什么你没有过错，学校里有体育课才是万恶之源，日本政府就算为了防止青少年公共道德败坏，也应该在禁止女生在学校穿泳衣和全面解除色情摄影之间做出选择，还在办公室里滔滔不绝地发表语无伦次、十分可笑的演说。太傻了，真是三岁看大七岁看老啊。"

（说起来，"UETAO"的"TAO"的汉字里好像也有上下里的哪个字。不，应该是上下都有。）

"都有？上下都有的念'TAO'的字。啊，等一下，那不是峠吗？山字旁加上下的那个。"

（山字旁加上下，呃，啊，好像确实是这个字。呃，哎呀，是峠这个字啊。）

"该不会是没人能正确读出你舅舅的姓氏上峠，总是错读成'UETOGE'或是'KAMITOGE'，导致在亲友之间，这个字在不知不觉中就被缩短成了TOWAGE了吧？"

（我完全不知道舅舅的交友关系，不过可能会有这样的事。）

"这样的话，三十八年前老夫去领取多津子寄存之物的时候，遇见的一定是你舅舅。哎呀，绝对没错，他不就是你的舅舅吗?"

(是这样吗？嗯，大概是吧。)

"别装出满不在乎的样子！也就是说，杀害老夫的人可是你的舅舅上峠啊。"

(好像是的。啊，说起来，我失学在家的时候，这里好像还真是个咖啡店啊。)

"啊？啊，啊啊啊啊啊，喂！"

(对啊，我回来后，这里的营业时间好像变了，然后变成居酒屋了。)

"这种事你为何不早点说！"

(毕竟我总觉得舅舅一开始就是居酒屋的老板。哈哈，就这样吧，没必要深究。毕竟是三十八年前的事情了，早就过时效了。不，等一下，或许新的刑法颁布后就取消时效了。这我就不太清楚了。)

"你在叽里咕噜地说些什么啊。就好像和你没关系一样。你这个厚颜无耻的人，给老夫负起责任啊，负责啊！"

(就算你让我负责，我也没办法啊，我舅舅早死了，我也沦落为一个无用的幽灵，甚至无法从这个房间里迈出半步。)

"多津子寄存的到底是什么啊？为什么听到老夫要来取，你舅舅就立刻痛下杀手，这到底是怎么一回事？老夫得把这件事弄明白。你有责任解释清楚。否则，我就上不了天。"

(不用赶着升天，游佐老师现在不是还活着吗？但也不能这么说，毕竟身体还是女的。)

"无法保证这种状态能一直持续下去。这个女人迟早会恢复意识，那时候我就会被赶出这个身体。"

(先不管实际发生过什么，我也认为这个问题很严重。我明白了，我会思考那个寄存之物是什么的。那么相对的，游佐老师也请回答我的疑问。）

"怎么，你有什么疑问啊？"

（就是敦子为何要杀我。若说动机是对身为垃圾老板的我感到厌恶的话，确实能够说服我。但正如我刚才所说，我觉得她是对我有好感才来接近我的，起初反而是我相当不情愿。不过我也确实对她提过各种变态的要求，比如让她穿上紧身衣后涂上润滑乳液。至于具体的杀人动机，恐怕只有她自己知道。不管怎样，我被杀了，还是这种拙劣的必要手段。）

"你这个必要手段的说法有点奇怪，但是老夫有点明白你想表达什么。"

（我还想不明白为什么要特意挖这么一个坑呢。当我知道是为了隐藏自己的尸体时，真是既明白又糊涂。有必要这么大费周章吗？）

"为了让你背上杀害曾根原的嫌疑，最好的办法不就是让你失踪吗？"

（确实，表面上看是这样的。但是你仔细想一下，假设我毒死曾根原后逃到某个地方的话，警察肯定会去找我，他们首先就会对我家进行彻底搜查。）

"确实是这样。"

（更重要的是，我以前用作自习室的这个房间，是一个独立于店铺和主屋的地方。这种隐藏东西的最佳位置肯定会被重点搜查。）

"就是说，你肯定很快就会被发现。原来如此。但是，也不一定会搜查地板下面，至少敦子还没预测到警察会那么……咦？哎呀。"

（怎么了？）

"老夫现在附身的这个女人叫敦子？"

（对啊，就叫这个，都讲过好多次了。）

"敦子的汉字是敦煌的'敦'加孩子的'子'吗，姓松延？家庭构成情况呢？之前说比曾根原岁数大，具体是多大？"

（那倒不是很清楚。年龄好像是四十八岁，履历上写的。）

"也就是说……果然是这样的。"

（什么啊？）

"这个女人是多津子的女儿。啊，知道了。之前不是说过多津子的姓氏是宗重吗？但在她母亲死后，十岁的她不知道被谁收养了。先不管多津子和松延家是什么关系，她可能是成为别人家的养女了。"

（又或者是她跟叫松延的人结了婚又没离。原来如此，敦子可能就是多津子的女儿。你到底想说什么？）

"如果这个女人是多津子的女儿敦子的话，那我就明白她特意让你在这里挖坑的本意了。"

（本意？）

"以隐藏曾根原的尸体为借口挖的坑实际上是给你自己准备的。但是，如果只是为了把谋杀曾根原的罪名栽赃给你，其实还有其他更简单的方法，而且也没有过多的麻烦。你难道不这么认为吗？"

（关于这一点，其实是我先指出的。）

"尽管如此，她还是故意让你挖了一个坑。难道说敦子有别的目的吗？"

（别的目的是指——）

"挖一个可以完全掩埋尸体的坑是一项相当繁重的工作。你不能违抗敦子的指示，但又肯定会感觉这项工作很费劲，在这种情况下你或许会产生干脆顺手把以前埋在这里的东西挖出来的想法。简而言之，敦子不正是期待能有这样的发展吗？"

（什么东西啊，以前就藏在这里的东西？）

"多津子的寄存之物就是问题的关键。"

（但在我活着的时候，和多津子并没有直接的接触。）

"那当然，因为她把东西寄放在你舅舅上峠的手上。估计当时只有十岁的敦子也知道这件事。等上峠死后，你应该继承了这个东西。明白了，我知道了。你不是说，你一点都不清楚吗？这样说的话，不就成了敦子单方面这样以为的事了吗？"

（原来是这样啊。我被命令在家里的地板下挖一个坑来掩埋曾根原的尸体，反正都要花费精力，不如就选择曾经埋过东西的地方，这样还能一举两得。敦子应该就是这么想的。）

"在没有从上峠那里继承任何东西的你看来，在这里挖坑只是出于不必担心被外面的人看见，可以专心挖的考虑罢了。"

（也有那个原因，但是以前也在这里挖过一次，所以我想或许这比挖其他地方更容易点儿。）

"咦，以前也挖过一次？"

（刚才也说了吧，复读的时候满脑子都是性的事，幻想着无论什么时候抓到女人，都可以处理掉。因为想到要掩埋女性尸体，所以挖得相当深。因此我本以为与其他地方相比，这里的土壤可能柔软一些，更容易挖掘。但这都过去三十八年了，差别已经没有那么大了。）

"等下，什么？这个屋子就是你当时挖过坑的那个？"

（我不是说过复读的时候曾住在这里吗？）

"这事上峠知道吗，就是你为了邪恶的目的在地板下方挖坑的事？"

（谁知道呢？当然，我打算保密。每次都把榻榻米放回原处。挖出来的土也会一点点地悄悄扔到外面。我舅舅没有特意提过这件事，我一直以为他没有注意到。怎么说呢，说不定他其实是知道的。）

"肯定知道吧。正因为如此，三十八年前老夫来这里的时候他才会毫不犹豫地杀害我。"

（对啊，原来如此。因为有现成的可以掩埋尸体的地方。哎呀，等一下。那么那个波士顿包也有可能被舅舅放在里面。）

"你在说什么？"

（这个为了掩埋女性尸体的坑可不是一天就挖好的。）

"这不是废话吗，也不看看这个坑的尺寸。"

（就算凭借性冲动的气势一心一意地挖下去，也清楚一次能挖出的土量不会太多，而且很容易失去耐心。于是我就先拿出一本塑封书来缓解一下，然后有一天觉得，算了，挖这样的坑太麻烦了，不挖了。但没过多久，我再次变得沮丧起来，就又开始挖，想着这次我会认真地抓到一个女人。因为挖坑的时候总是断断续续，所以花费了不少时间，最后，当我挖到合适的尺寸时，我已经收到大学的补录取通知了。是啊，差不多挖了半年吧。）

"这与其说是性欲，不如说是惰性。如果你持续挖了半年，即使藏得再好，也很难不被作为房主的上峠发现。"

（或许吧，他虽然注意到了，但装作不知道，想着可以用这个坑来做点什么。）

"用来做点什么？"

（就是受多津子的委托，很不情愿地帮忙保管的东西。我偷偷挖的这个坑，正好适合藏东西。恐怕舅舅在我一无所知的情况下，从坑的底部再向下挖，将那个波士顿包偷偷藏在里面了。）

"波……波士顿包？"

（舅舅完全没有担心会被我发现，我也是偶然发现的。我想着里面会是什么东西呢，于是打开一看，竟然是一捆捆的圣德太子，把我都看傻了。）

"等、等一下。喂，那难道是你刚才说的，全用到风俗店里去的那笔钱吗……"

（当我知道自己有一亿日元时，只觉得神志不清。）

"你难道不想知道这到底是什么钱吗？说不定是上峠偷税漏税存起来的财产什么的，你没想过吗？"

（说真的，我已经想不起来当我看到这么一大笔钱时的心情了。可能是挖到宝藏般幸运的感觉吧。）

"把捡到的东西据为己有，你就没有一点抗拒和怀疑吗？"

（那个时候我当然觉得没什么问题。真的，因为它深埋地下，还不知道是谁的，反而被我发现了。我甚至觉得有效地利用这些钱才是一种功德。）

"你真是个无药可救、不负责任的浑蛋。"

（我偷偷地把装在塑料袋里的波士顿包拿出来，把覆土填回去，舅舅应该没有注意到吧。之后，游佐老师来店里。感到焦虑的舅舅以为你来是要拿走他的一亿日元的，于是杀了你，并将尸体藏在这个坑里。当然，它的深度正好可以从上面堵住波士顿包，而且以后可以随时挖出来。不过，或许是挖出尸体并取出钱的这种惊人行为会让人在心理上有所抵触吧，舅舅想着至少要等到骨头风化后再来挖，结果在磨磨蹭蹭的过程中自己先病死了。）

"一直坚信老夫的尸体下面有一亿日元啊。岂料最重要的钱却早已被外甥用完了。"

（敦子也深信那一亿日元埋在这里吗？原来是这样啊。这就是为什么她如此积极地接近我，还不拒绝在身上涂满润滑液，毫无抵抗地跳进我的怀里。但是多津子又是从哪里弄来这么多的钱呢？）

"这还用说？肯定是从饭泉家搞来的。这么大的金额，除了敲诈也没有其他办法了。"

（敲诈？啊啊，是啊，当时确实有她快要和饭泉家的败家少爷结婚还是已经结婚的传言。）

"不管是哪种情况，至少已经订过婚了。于是，敦子就会成为饭泉家的养女，所以才可以拿出赎金。"

（呃，赎金，谁的？）

"很明显是敦子，她被绑架了。虽然这么说，实际上是绑架骗局。因为那个时候，老夫在照看敦子。"

（老、老师，为什么说话声音突然跟 Final Boss[①] 一样阴沉，而且脸的后面有一道光。哦，气场，这个气场，简直就像名侦探一样。）

"或许通过附身在这个无意识的敦子身上，能够追溯她残存的意识。这对母女在三十八年前的那场恶作剧中的全貌，现在老夫已经全都清楚了。多津子假装女儿被绑架，让未婚夫饭泉出赎金营救。装在波士顿包里的那一亿日元现金是多津子自己拿到绑匪指示的地方的。"

（恐吓电话是怎么搞的？啊，对啊，有共犯。）

"多津子找了两个共犯，一个是我，还有一个就是你舅舅上峠。恐怕我们两人做梦都没想到，自己是在配合一场绑架骗局。

---

①通常指电子游戏中最终登场的大魔王。

至少老夫完全不知道。"

（在老师来看，自己只是在单纯地照顾孩子。）

"老夫还有一个任务，就是打电话。"

（电话？）

"多津子为了从饭泉那里敲诈一亿日元而计划的绑架骗局的细节，只能通过想象来补充，但是现在我们可以看到大致的全貌。她做的第一件事就是给自己发恐吓信，把从报纸和杂志上剪下来的文字贴在信上，寄到家里的邮箱。然后……"

（真是不得了，女儿敦子被人绑架，还要求一亿日元的赎金。这难道不会引起轩然大波吗？）

"不能弄出太大动静，因为事关敦子的安危，所以采取只和饭泉私下商量的形式。虽然饭泉准备好了钱，但他主张联系警方。多津子应该也考虑到了这一点。这就是为什么恐吓信中还要对她下指示，让她带着赎金，先去'UETA'。"

（去舅舅的店？）

"信中指示家属装作顾客在店里等绑匪的下一个指示。之后就有电话打过去。上峠出来接，然后换多津子听。"

（原来如此，难怪多津子要求游佐老师用公用电话打给她。）

"多津子装作这是绑匪打来的电话，然后按照指示前往下一个地方。谁家的住宅也好，还是什么地方的店铺也罢，总之只要有固定电话的地方就行。老夫按照多津子给的清单按着顺序逐一打过去。"

（这些地方的人只要接到电话就会转交给多津子。电话这边的游佐老师什么也不用说，接过电话的多津子小姐就会假装对着电话那头的人说："是，我知道了，马上就去。"这样像是受到绑匪的指示一样，自己演一出戏，然后前往下一个地点。）

"多津子虽然这样到处跑,但警察还是能牢牢跟在后面吧。但是从'UETA'开始数的第四个地方出去以后,在前往第五个地方的途中,多津子被酒驾的车主撞死了。当然这不是预先准备的,是不幸的事故。"

(能说出很具体的数字啊,前往第五个地方的途中是指——)

"我很清晰地回忆起来了。多津子让敦子交给老夫的清单上有七个电话号码。当老夫打给第五个地方说'我找宗重多津子有事'时,对面说'我们这儿没有叫这个的人',然后就把电话挂了。但是多津子确实是要去那边,所以老夫又穷追不舍地打了几个电话,想确认多津子有没有被抓到。以防万一,老夫又给清单上第六和第七个地方打去电话,但是都没人接。"

(警察应该是认为赎金在多津子随身拿的波士顿包里,但是打开的时候却只发现了装着写银行名字的空信封。)

"在绑匪的指示下来回移动,骗过警方,在某个地方把钱换走了……警方想到这点,进行了彻底调查,但最终还是没能找到钱。实际上,多津子是在第一个地方,也就是'UETA'便动了手脚,不是把里面的钱拿走,而是整个包都换了。"

(这样的话,多津子应该事先就拜托舅舅准备好替换用的波士顿包……是这样的吧?也就是说,和游佐老师不一样,舅舅一开始就知道自己在这场绑架骗局中要充当帮手的角色了。)

"这怎么说呢,也有可能他只是被命令将替换的波士顿包藏在某个地方,直到多津子或她找的人来取它。老夫觉得多津子没有告诉他计划的具体细节。当然,从上峠的角度来看,这感觉像是在走危险的独木桥。"

(那当然。这就是为什么他对前来取波士顿包的游佐老师感到惊讶,并在恐慌中杀掉你。嗯,呃。但是老师直到现在才知道绑架这件事，敦子那天没有向警察老实交代自己在哪里吗？）

"应该是随便糊弄过去了吧。被某人困在一个未知的地方，但自己设法逃脱。考虑到她只有十岁，应该很害怕。母亲死后，她决定必须亲自夺回赎金。因此，和母亲一起制订计划这件事必须对所有人保密。"

（原来如此。也就是说，在三十八年前，敦子可能怀疑游佐老师是在找寻赎金的过程中，为了独吞这笔钱才失踪的。）

"敦子当然会考虑这种可能性。然而，经过深思熟虑后，她得出的结论是，钱应该隐藏在'UETA'的某个地方，所以才会让你挖这个坑。正如老夫刚才说的那样，可能是因为她觉得你已经从上峠手中继承了那一亿日元吧。"

（但是，杀了曾根原……也没什么理由啊。）

"应该是顺便吧。本来就和妍头的感情疏远了，这个时候反倒成了累赘。"

（原来是……什么？老师，你怎么了？没事吧？哎呀。简直像断了线的木偶，一下子蜷缩起来。啊，看起来是终于升天了。老师，谜题解开了，很痛快吧？也就是说，敦子还是这样，嗯？）

"哦，这次换我附到她身上了。动一下看看，能顺利行走。哦哦，能走出这个房间。决定了，反正我已经死了。在敦子恢复意识之前，就用她的身体开着车把曾根原的尸体运到警察那边去。嘿嘿，我好想知道当敦子发现自己在不知情的情况下跑去警察局自首的情况后是什么样的表情，不能亲眼看到真是太可惜了。"

重启 0

"没……没事吧？"

紫藤圭织跳进汽车的副驾驶席，肩膀上下摆动并大口喘着气。"扔到那样……的地方，真的没事吗？毕竟，就算麻烦一点，也可以找个地方挖个坑埋了算了。"

"做那种事根本不划算，既费时又费力。"

坐进驾驶席的弓削田健吾从圭织手中接过钥匙，发动汽车。"没事的，那里是鸟不拉屎的废弃村落，不会有人特意过来的。就算好奇心再怎么旺盛，也不会走进那样的废屋里。即便有人心血来潮往里头偷看两眼，也不会把储藏室打开的。"

健吾小心翼翼地操纵着方向盘，沿着没有护栏的山路往山下驶去。"你不知道现在日本有几十万栋空房吗？即使是位于住宅区的空房也照样空着，没什么人闯入。更何况是这么偏僻的深山里，还是那种连房屋持有人是谁都不清楚的废弃房屋。就算有人迷路了闯进去，那个女人的尸体也应该早就变成白骨，甚至已经碎成渣了吧。那个时候岳母和我估计早就不在人世了。"

"别这样叫我！"圭织眼神空虚地望着车窗外森林的剪影。"哎呀！对不起，我在说什么啊？竟会把这种无关紧要的事说得多么重要似的。"她揉了揉太阳穴叹息道，"平时在床上的话，明明是我在不断央求小健叫我岳母什么的。这种违背道德的感觉真让人兴奋。但是，现在被这样称呼，总觉得像是被泼了一盆冷水。"

"总之没问题的。你放心吧，圭织。"

"这个叫法，感觉也有点让人讨厌。"

"那……社长？"

"嗯，这个最合适，至少现在是。真是讽刺啊，平时我却最讨厌这种叫法。"圭织微微一笑，靠在健吾的肩膀上，朝他的脸上贴了过去。

"不过，亏你还知道这种地方。"

"以前拍偏远村落外景的时候来过这附近。那时我听说有一座几十年来都不知道房屋持有人是谁的空房，而且从没有人接近过。真是做梦都没想到，会在这种时候派上用场。"

"总之，这样就放心了。"圭织放松地靠在健吾身上并抚摸他的膝盖。她并没有理会健吾在开车时因苦恼而发出的牢骚。"啊，哎呀！为什么用这样的眼神看我。"

"比起那个，岳母，不是，社长，很抱歉现在才问这个问题……她是谁？真的是纱智子的朋友吗？"

"嗯，应该是。"圭织用略带自信的语气说着，翘起紧绷的腿，"我想那应该是小铃，北尾铃江。"

"好像和纱智子从小学到高中都是朋友。"

"确实是这样。小时候家离得很近，她也应该和荣市一起玩过。不过比这更让人在意的是，小铃为什么知道我们的关系？"

"可能是从纱智子那里听说的？"

"欸！"圭织瞪大眼睛，头从健吾的肩膀上抬起来，"什么，从纱智子那里？怎么回事？那纱智子现在做的……"

"冷静，冷静。有很多事一时半会儿都说不清楚。纱智子本来就在怀疑我和悠理的关系。"

"嗯，知道，这个我知道。"

"小铃应该就是从朋友那里打听到此事，所以才有所怀疑的。听完这些消息她并不认可那种说法，甚至还猜想和我出轨的人其实不是悠理，而是社长。"

"为、为什么她会……"

"应该是亲眼看到社长和我一起从我家出来了吧。"

圭织一时语塞，车从山路开上了国道，很快就开进了市区。一回到圭织位于行木町的住宅兼事务所，她就紧紧地搂着健吾的脖子，吸着嘴唇说道："今天能留宿吗？你不会想让我孤零零一个人吧？"

健吾搂着她走进家门。本应该没人的屋内传来了声音："欢迎回来。"

是圭织的儿媳妇紫藤悠理。她的左眼上戴着眼罩。

"悠理，你怎么会在这里？"看到躺在自己卧室里的人，圭织变得更加困惑。这不是自己的儿子荣市吗？他没有戴着他那标志性的大眼镜，紧闭双眼，嘴半张着，四肢伸展成一个大字，一动不动地躺在那里。

什么，睡死过去了？

"荣市吗，怎么了？怎么回事？他为什么在这里躺着？"

"婆婆，"悠理笑了笑，"请放心，你儿子还不知道我和健吾的关系。"

"你在……在说什么？"

"但是，如果他知道的话会怎样呢？这绝非臆测，而是妻子真的和姐夫出轨了。面对这种现实而感到悲伤的他，即便选择死亡应该也不是什么奇怪的事吧。至少世人更容易接受这种事，我说得没错吧？"

"你、你难道把荣市给……"

"请放心。他只是服下安眠药后在睡觉。至少现在还没事，但是他可能永远也不会醒来了。在自己毫不知情的情况下，被当作无法忍受悲痛而选择自杀的可怜人来处理。"

悠理缓缓摘下眼罩，里面没有任何伤痕，她露出漂亮的眼睛，看向圭织。"但是，他不是很怕寂寞吗？害怕自己一个人死，所以才会把最亲爱的母亲也卷进来。是的，我考虑在这里让他和婆婆你一起自杀，这样故事就完成了。"

"你到底想干什么，疯了吗？"圭织的愤怒使她的脸扭曲了，她回头看了眼身边的健吾，"小健，你也说点什么吧。怎么了，悠埋，你到底……"

啪。突然，圭织的头部左侧受到重击。她不由自主地举起双手，摆出防御姿势。然而，健吾举起一个有棱角的东西，再次挥了上去。啪。她的头再次受到重击。

"赶紧去死吧！去陪你的女儿吧。"悠理的咒骂声在快要失去意识的圭织的耳朵里回响。

*

"是的，我不知道，不知道是谁。"仰卧在床上的紫藤圭织抬头看着病房的天花板，抱怨道。她头上绑着绷带，脖子上固定着石膏，看上去就很疼的样子。从半闭着的左眼到下巴上都有不同程度的青斑。"是一个完全不认识的男人。"

"那么，那个袭击你的人，"与那原比吕刑警从侧面看向圭织的脸，"是个怎样的人？"

"是……"圭织发出嘶哑的声音，想要点头但又皱起眉头，扭动着身体，"多半没什么印象了。"

比吕向前来更换吊瓶的护士点头示意，然后又面向圭织说道："不好意思，在你虚弱的时候这样询问，还请让我们再复盘一遍。紫藤女士，你现在是独自居住在行木町的家里吧？昨天下午你从外面回家，正准备关门的时候，一名身份不明的男子夺门而入并且袭击了你。虽然头部被什么东西击中，但你仍然拼命抵抗并用手机报了警。当警察赶到现场的时候，家里除了你以外并没有其他人。也就是说，那个入侵者在殴打你之后并没有做其他事情，而是立即逃离了现场……经过大致是这样，没错吧？"

圭织一言不发，痛苦地晃动着下巴。比吕再次提出问题："你有没有看到那个人离开？"

"我突然就被打了，然后，完全不知道到底发生了什么。当我回过神来，就这样躺在这里了，连接受治疗期间发生的事情也不记得了。"

圭织闭上眼睛。这似乎在表示自己的体力已经到了极限，不能再说话了。她对于比吕所说的"谢谢你的合作，请多保重"也没有做出任何回应。

比吕走出病房。站在走廊上的同事墒坂给了他一个"怎么样"的眼神，比吕对他摇了摇头。"和一开始的供词一样，完全没变。"

"回家的时候被不认识的歹徒袭击了，就这样吗？"

"暂时只知道是个男人。"

"给你这边的证词也很模糊嘛。"

两人乘坐电梯来到前台，向医院后面的停车场走去。"你怎么想呢？会不会是因为受到打击，产生了很大的心理负担？要不派一个女刑警独自去问问她？"

"至少，被人打了这个是事实。"塙坂坐进警车的副驾驶席，"从伤口的情况来看，不可能是自导自演的。"

"医生在这一点上和咱们的想法一致。急救队员赶到现场的时候并没有发现凶器。自导自演是不可能的。"比吕边操纵着方向盘边说道，"但是，即便自己办不到，也有可能故意让他人来殴打自己。"

"这种事也不是不可能，但说实话，很难想象这会是真的，应该不能吧。"

"也就是说，她并不想说出凶手是谁，或者是不能说……"

"怎么说呢，可能就是这样吧。"塙坂点了点头，"她到底要庇护谁，又是出于怎样的理由呢？"

回到警署的比吕和塙坂马上被麻薙叫到会议室。他是个经验丰富、即将退休的老警探。

"那个袭击独居女性的案子怎么样了？"

"目前正在跟入院治疗的被害者取证。"

"正好，那你就详细说来听听吧。"

"不，这不太好讲。"比吕耸了耸肩，"没有什么新的进展。她只是在重复说着被不认识的入侵者袭击了，这点从一开始就取证过了。"

"那个被害者好像是娱乐公司的社长吧？"

"没错。"比吕拿出笔记本，"紫藤圭织，五十一岁，有过婚史。大约在二十年前离婚，现在独自生活。她是一家名为'水果打击乐'的娱乐公司的社长，其主要业务是管理和派遣当地艺人和文化人士参加电视演出和讲座等各种活动。顺便说一句，公司旗下大约有一百位艺人，不太清楚具体人数是比这多还是比这少。"

"虽然是单身,但是有个女儿。"

"女儿?"比吕歪了下头,"我只听说有个叫紫藤荣市的二十八岁的儿子,她还有女儿吗?"

"这个之后再说,我想详细知道那个紫藤圭织被人殴打的经过。"

"报警时间是在昨天下午三点半左右。紫藤圭织用自己的手机拨打了一一〇,赶到现场的警官叫来了救护车。"

"现场就是她自己的家吧。"

"是行木町一座5LDK的两层楼房,也用作公司的事务所。圭织倒在门口脱鞋的地方。可能是想要止血吧,她将自己的披肩按在头上。没脱鞋,外套就掉在旁边。"

"外套是被歹徒脱掉的吗?啊,抱歉,你继续。"

"圭织的意识似乎有些模糊,但她向现场的警察说道:'我从外面回家,刚进大门就被一个突然出现的人袭击了。我还没来得及看清对方的脸,就被什么东西打了,之后就记不清了。'"

"她在医院接受治疗后观察了一晚。今天上午我得到消息说她已稳定下来,便过去了……"

麻薙看着比吕和墙坂。"你们两人看上去很淡定嘛。"

"我大致搜查了一下紫藤家的宅邸,没有发生争斗的痕迹。虽然在户主检查有没有丢东西之前不能做出判断,但是至少没有发现被翻动的痕迹。"

"既然有入侵者,那么行凶的动机是什么?"

"虽然这只是我个人的看法,但我认为紫藤圭织很丰满,是男人喜欢的类型,所以有可能吸引了路过的变态。"

"还有什么值得怀疑的地方吗?"

"还有一个疑点就是血迹。在现场的玄关脱鞋处完全看不到血迹。就像刚才说的，警察赶到现场的时候，圭织正在用披肩按着伤口，倒在地上。与其说是在止血，不如说是为了防御而立刻采取的举措吧。据说出血量并不是很大，基本都被布头吸走了，所以没有发现血迹。"

"被殴打摔倒时血没溅得到处都是，这点感觉有些不自然。"塙坂补充说道。

"这也不是绝对不可能。"

"但是，停在她家车库里的车的驾驶座上有血迹和模糊的污渍……"

"原来如此。"麻薙抚摸着下巴，"难道是在别的地方被打的吗？"

"即便在驾驶座上得到鲁米诺反应的结果并且鉴定出这些血就是圭织的，我们也不能断定是她在被人殴打时留下的。"

"不过十有八九圭织是在自己家以外的地方被什么人打了吧。她用披肩按住伤口，然后自己开车，虽然意识模糊，但还是想办法把车开了回去……如果是这样的话，那就太乱来了。握着方向盘的时候说不定会失去意识，很有可能会造成重大事故。"

"圭织应该很清楚这种风险吧，但即使这样也敢去做。比起她拼命想这么做，我觉得应该是不得不拼命……"

"是想包庇殴打自己的凶手吧。所以，她不仅要报警说被一个不认识的歹徒袭击了，还特地回家，说现场就在家里。"

"真正的现场应该是那个她想要包庇的人的家里，或者是其他与之相关的地方吧。"

"重点是，她想包庇的人应该是她的家人吧。"麻薙点了点头，"比如自己的儿子或者女儿，到底会是哪一个呢？"

"这是首先会想到的。不过好像不是她儿子。刚刚提到的圭织的儿子荣市，是以马尔凯·紫这个艺名活动的当地艺人，虽然也隶属于他母亲的事务所，但在圭织被袭击的这个时间段，他在一个叫'Gran Mall K'的购物中心担任慈善活动的主持人。"

"原来如此，参加活动的市民都能为他的不在场做证。"

"虽说是这样，但碰巧有另外一个事件，须贝取证的时候，有人说他目睹了马尔凯·紫，也就是紫藤荣市在开放空间的舞台上做脱口秀。这样的话连电视台的VTR都不需要确认了。"

"原来如此，那她女儿才是关键所在。"

"圭织有女儿？"

"你们两个人都没去那个现场吧？还以为你们也听说了，昨天傍晚在步杣町的公寓里发现了一具被勒死的年轻女性的尸体。"

下午四点左右，一名男子打电话报警说："我回家时，发现妻子倒在卧室里，好像死了。"比吕和塙坂因为别的案件出警了，所以是另一组人接的警。麻薙也跟着一起赶往了那里。

报警的人叫弓削田健吾，二十九岁，自称是从事自由职业的导游。由于精通各国语言，他接受当地旅行社和旅游协会的委托，主要为外国游客做向导。

"不知道他实际能挣多少，据说二十八岁的妻子纱智子和他是同行。"

死者是弓削田纱智子，被发现时倒在自家的卧室里，被东西勒住脖子导致窒息而亡。虽然房间里的橱柜抽屉有被翻动的痕迹，但所有存折、现金以及贵重金属都没有被拿走。

"乍一看像是入室行窃的小偷被发现了，准备威胁目击者时不小心杀了她，结果任何东西都没偷就跑了。"

"根据尸检，推定的死亡时间约为尸体被发现前的二到四小时。令人在意的是作为第一发现者的健吾当天的行动，特别是在纱智子的死亡时间段内。当问他在哪里、做了些什么时，他却怎么也说不清楚。"

健吾说，那天从早上开始他就和几个有工作往来的人在不同的时间段里见面。"他没有说具体的细节，例如对方的名字以及会面的地方。有时虽然说出了一个具体的名字，但因为那个人现在很忙，很难进行确认。这样的内容与其说是奇怪，不如说是诡异，除此之外就没什么了。"

"喂，"墙坂板着脸，对眼睛半开半闭扬起嘴角的比吕说，"什么事这么高兴啊。"

"我在想，这到底是真的笨呢，还是说有什么要让我们深入了解的东西，才故意这样演给咱们看的呢？"

"在谈话的过程中，须贝说似乎在哪里看到过他，很有可能是在电视上。确实是这样的——弓削田健吾在做导游的同时，偶尔也会用本名在当地生活类的综艺节目上做主持人。他也隶属于紫藤圭织的'水果打击乐'，是事务所社长的女婿，这件事也是从他那里了解到的。也就是说他的妻子纱智子是紫藤圭织的长女。"

"那就是说圭织还不知道自己的女儿被杀……"墙坂的这番话引起了比吕和麻薙的注意。"对，对啊。确实，在我们取证的时候，是以圭织还不知道这件事为前提的。其实她早就知道了……也不是没有这种可能。"

"如果圭织被打和纱智子被杀之间有什么联系的话……不，或许完全没有关系，那样的话，她还真不知道女儿已经死了吧。"

"或许吧，但绝对不能乱下判断。"墙坂自我告诫道。不过很明显，不仅是他，其他两人也已经考虑将这两件事联系起来。紫藤圭织在回家后被身份不明的入侵者袭击，并于下午三点半报警。弓削田健吾在自己家发现妻子纱智子的尸体是当天下午四点。不仅时间上相差只有三十分钟，圭织和纱智子这两个受害者还有着血缘关系。

"顺带一提，从位于行木町的圭织家到位于步杣町的弓削田夫妇家，开车的话单程只需要二十分钟左右。"

尚未完全确定圭织被殴打的现场就是她行木町的家，并且没法消除她说谎的嫌疑，在这种情况下，没有调查员可以简单断定这两件事只是偶然。不管实际怎样，两件事的关系仍需要进行彻底的验证。

"总之，得再去问一次圭织。"

这次去医院的是麻薙，不是为了圭织本人被殴打的事，而是为了调查她女儿纱智子被害的情况。比吕和墙坂则决定去询问圭织的儿子紫藤荣市。荣市的住宅位于板羽町，是圭织名下的公寓。

荣市在母亲所住的医院里过了夜，据说他是在治疗告一段落的时候暂时回了家，刚好跟之前来圭织病房的比吕和墙坂错开了。

"为了替换看护的人，刚刚妻子带着母亲的换洗衣服去了医院。"

荣市戴着像蜻蜓复眼一样的大框架眼镜。他长着一张可爱的娃娃脸，就像3D化的漫画角色，看起来像高中生，甚至可以说像初中生。

"话说，你已经知道姐姐纱智子的事情了吧？"

"刚刚有警察联系我，我脑子都乱了。本来母亲的事就很麻烦，再加上姐姐又被人杀了……这是怎么回事啊？！"

"关于你姐姐的事情，我想其他人会来找你问话的。"

"什么？其实我现在正准备过去。有人告诉我，为了确认遗体得让我去一趟，所以我才以为二位刑警一定是为了这个事过来接我的。"

"是吗？那真是失礼了。这件事是另外的人在负责。"

"确认遗体身份的工作应该交由姐夫去做，为什么身为弟弟的我也要去啊。"

"还请你多加配合。在那之前，请稍微给我一点时间。能否在这里简单回答一些问题？"

荣市抗议道："就不能在警察局里一次性搞定吗？"这种略显词不达意的说话方式与其年幼的外表结合起来，很容易激起对方的保护欲。或许是养成了时刻表现出职业亲切感的习惯，比吕说出了："啊，你也别那么说。虽然是这种场合下，但我经常能在电视上看见你"这种与自己立场格格不入的话，之所以这样说，只是想表达自己并没有在为难荣市。

"特别是你在K电视台主持的美食探店节目'散步马尔凯'，我常看，因为我和搭档都很贪吃，这个节目对我们来说很有参考价值。我总觉得马尔凯你还是个学生，看到节目中和料理一起上酒的时候总会有不必要的担心：哎呀，这个年纪饮酒不要紧吗？说真的，你看起来真的很年轻，皮肤很有光泽啊。"

"谢谢。实际上，我从学生时期就开始做现在的工作了。现在以大学生的身份做主持工作的是我妻子。"

"呃，虽然有点冒昧，但尊夫人的名字是？"

"因为工作需要还在用旧姓，叫上田悠理。"

"难道是那个有线电视上'FURAKOWA日和'的主持人吗？UEDAYURI？"艺名不是用汉字，而是用平假名书写的。

"节目的开场曲应该是 YURI 作的曲吧。"

"你知道得还真清楚。她本来是个创作歌手。"

"对对对。泷本真子 WITH 高和 remix 的那首歌也是她作词作曲的吧。"

从刚才开始,都在说什么呢——墙坂一边在心里责备这是哪门子的"简单",一边插嘴问了一个不必要的问题:"真子是谁呀?"

"是当地的偶像。类似最近很火的 NGT48 这样的团体,这样说你是不是更容易理解?"

"那就更搞不懂了。"

"对偶像不感兴趣的人还是别懂了。在这之中真子小姐是真可爱。我强烈推荐,没有之一。不过,YURI 不仅可爱,还是一个多面手的才女。不仅是节目主持人,还担任着司仪。之前还真不知道啊。她居然是马尔凯·紫的夫人。啊,那她也隶属于'水果打击乐'吗?"

"是的。"荣市点头,话题终于回到了紫藤圭织的身上。

"那我就直截了当地问了。你母亲圭织被人袭击的现场在哪里,荣市先生有什么线索吗?"

"啊?"荣市像毛绒玩具熊一样睁着圆圆的眼睛,"不,什么都没有。母亲是在行木町的家里被袭击的吧,被入侵者袭击了,不是吗?我记得是这样的……"

"她说刚从外面回家,就在门口被强行闯入的人袭击了。"

"那不就是在自己家吗?"

"那样的话,就有一些不合理的地方。涉及搜查工作上的事情,我不便透露详细情况,但你母亲应该是在别的地方被人袭击后,自己冒着生命危险逃回家才报警的,大概就是这么一回事。"

"那母亲她为什么不说呢？"

"或许是因为头部被打了，所以记忆多少有些混乱。关于你母亲那天的行程，你有什么线索吗？"

"啊，虽然不知道她在哪里，大概是在正常工作吧。"

"这是必须得走的流程，请不要生气。昨天荣市先生在哪里、做了什么，能尽可能详细地告诉我吗？"

"是调查不在场证明吧？昨天，我在'Gran Mall K'主持慈善活动。活动是从下午一点到三点，但为了事先进行商议，我上午十一点左右就到了。那天早上我因为睡过头并且睡了个回笼觉，差点儿迟到了。工作人员解散应该是下午五点以后。不久之后，警察就因为母亲的事联系我……"

"有没有听说你母亲卷进了什么纠纷之类的事，不管是工作上的还是其他事情，有吗？"

"纠纷啊，事务所里是有很多艺人和文化人士，也确实围绕着工作方针经常有意见分歧。至于严重到演变成暴力伤害事件的程度，有点……不太可能。"

"很抱歉，再问一个比较冒犯的问题，你母亲一直是单身吗？"

"自从我上小学前她和父亲离婚以来，一直都是。"

"你之后想过要和父亲见面吗？"

"不，一点也不。我只听说他离婚后搬到了外地。我甚至不知道他现在是否在世，完全没有消息。"

"离婚的原因是什么？"

"是父亲的女性关系问题。他在家里光明正大地养着情人，而且多的时候能跟两三个人住在一起，这种做法太荒唐了。"

"这就是所谓的妻妾同居吗？听起来艳福不浅啊。"

"算是打破常规吧。当时我也很小,不太清楚具体情况,还以为那些女人是包住宿的保姆之类的人。姐姐纱智子倒是对她们的行为相当鄙视,总有种说不出的别扭。"

"也就是说,你姐姐当时是小学生吗?她说过她知道那些女人不是保姆吗?"

"应该知道吧。总的来说,女孩子都比较早熟……"荣市再次意识到姐姐的意外死亡,他的眼睛湿润起来,童颜也随之变得扭曲。

当晚,高和警署和县警的联合搜查总部召开了搜查会议,主要议题围绕弓削田纱智子被杀一案展开,紫藤圭织遭到殴打的案件也并案处理。

"总之,我们完全不清楚作为第一发现者的被害者丈夫弓削田健吾当天的行踪。"面对搜查一课课长、鉴识课课长、搜查主任、高和署署长,须贝轻拍了一下白板。

"他坚持说这是行程复杂的一天,不记得细节了,但根据周围人的证词,他当天应该是在休息的。而当我把这一点告诉他时,他又改口说虽然都是些私事,但真的很忙,去了银行、邮局,逛街购物,在咖啡店休息之类的。"

"全都是一个人?"

"是的。顺便说一下,健吾顺路去喝咖啡的那家店当天正好临时停业。即使指出这个事实,他也只是说是自己记错了,实际上是在另一家店喝的。他的态度十分敷衍,就这样一直逃避问题。"

"这样胡言乱语,很难不让人想他是故意的。"

"实际上，在案发当天行程不明这一点上，受害者也是一样的。"

"这话怎么说？"

经确认，弓削田纱智子在案发当天的早晨，与越河彩夏、武良清宏、武良庆子三人一起去了位于县东部一个叫"高和乡村俱乐部"的高尔夫球场。

"这三人都是纱智子的高中同学。四人乘坐武良清宏的车于上午十一点左右到达与高尔夫球场相邻的一家名为'海洋之宝'的度假酒店，并办理了入住手续。她们母校'私立迫扇学园'的同学会就在这家酒店召开。"

下午参加高尔夫比赛，之后在大厅举行派对。"从位置来看，酒店周围没有其他可供娱乐的店，所以酒店内的酒吧、休息室、卡拉ＯＫ室等都被她们预订了。在那边住上一晚，第二天的早餐以及高尔夫球赛可以自由参加，然后解散。大概就是这样的流程。"

也不知是谁小声嘟囔了一句——真是高雅啊。

"开车的武良清宏和庆子是夫妻，纱智子打算和越河彩夏住在一起。据说纱智子事先说好不参加当天下午的高尔夫比赛，在酒店周围随便走走散散心，所以登记入住后，即使没见到纱智子的身影也没有人在意。然而她也并没有出现在大厅的派对上。夜深了，越河彩夏回到客房后，纱智子果然不在。她的行李就那么放着，也没有留言，手机也没有收到邮件。这是怎么回事？武良夫妇很担心，觉得这应该报警……就是这样的情况。"

"原本纱智子计划在酒店住一晚后，第二天坐武良夫妇的车回高和吗？"

"是的。但是她在晚会开始之前就被杀了，在远离酒店的步杣町的家里。"

"她是如何从'海洋之宝'回到高和市的呢？纱智子会开车吗？"

"会开，但她的轻型车还停在自己家，没有被挪动过的痕迹。她也可以乘坐'高和乡村俱乐部'的往返巴士然后转乘JR电车，或是在酒店附近打一辆出租车。如果不是被谁强行带回的话，我想应该是选择了其中一种方式吧。""海洋之宝"到高和市的市区直线距离约七十公里。如果开车的话，走高架或高速公路，需要一个小时到一个半小时。

"留下行李，没有留言也没有发邮件。也就是说，如果纱智子是按照自己的意愿离开酒店的话，至少她计划在晚上的派对之前回到'海洋之宝'。"

"这样的话，她是否回到了高和市？更重要的是，她是否回到了步杣町的家中？"

"有没有可能她是在另一个地方被杀害后再被凶手搬到家中的？"

"纱智子的衣服并没有特别乱，尸体上也没有发现死后移动的痕迹。杀人现场肯定是在自己家。但是，仅凭这一点无法判断纱智子究竟是按照自己的意愿回到了步杣町，还是被谁带回来的。"

"关于在遭到歹徒袭击的同一时间，亲生女儿被某人杀害这件事，紫藤圭织是怎么说的呢？"

"其实，她现在的状态根本不能进行取证。"麻薙的表情很失望，"一听到纱智子被杀害的消息，也不知道是不是受到了刺激，她就陷入了呼吸困难的状态。医生禁止我们继续取证。而且因为她受伤的关系，现在只能暂时观望。"

"那就没办法了。然而，正如一开始所说的，如果紫藤圭织在殴打现场和歹徒的身份上说了谎，那么就能认为她是在包庇某人。说到母亲应该包庇的对象，首先想到的还是亲属，特别是儿子，但荣市是不可能犯罪的……"

"关于这件事，"塙坂举起了手，"有一点，比较奇怪。"

"奇怪？"

"确实，紫藤荣市在该时间段在'Gran Mall K'做慈善活动的主持人。"受到塙坂的催促，比吕继续在后面说明，"但令人没想到的是，这个'Gran Mall K'距离紫藤圭织位于行木町的家兼事务所非常近，骑自行车往返，只需要五分钟。"

"但因为他是主持人，所以始终处于人群的视线之中。"

"对，是这样的。但活动的内容很丰富，中间有几次休息，十分钟、十五分钟不等。只要有这个时间就可以在'Gran Mall K'和紫藤圭织的家之间往返。理论上是这样的。"

"理论上啊。但是，还有一个前提。紫藤圭织陈述自己在家中遭到袭击这一点是值得怀疑的。此外，无论那个真正的现场在哪里，至少两地之间有一定的距离，圭织必须使用汽车才能到达。我说得对吧？毕竟车内座位上的那个污渍是血迹。如果是这样的话，假设荣市在活动的间隙骑自行车离开会场并伤害了他的母亲，这多少有点不合理。"

"确实。如果现场不是紫藤圭织的家，那就有点不合理了，是吧？但是，根据她自己说的，如果她的家是现场的话，那么荣市完全有可能进行犯罪。这就是我所说的奇怪的地方。目前，没有足够的材料完全否认圭织的证言。也就是说，即使我们有所怀疑，根据受害者的证言进行现场验证也很重要。"

"真是讽刺啊。被怀疑说谎的圭织如果说的是真相，她的儿子就会成为最重要的嫌疑人吧?"

搜查会议的第二天,麻薙去了板羽町紫藤荣市夫妇居住的公寓及其周围进行走访,在返回警察局的途中,遇到了比吕和塙坂。

"我听到了一个有趣的故事……"麻薙和他们说道,"案件发生的当天早上,公寓管理人好像偶然在玄关附近看到了荣市的妻子紫藤悠理。那个时候还没什么异常情况。"

"欸?"比吕和塙坂面面相觑,"在说什么啊,没异常是指?"

"对哦,你们两个人还没有直接见过悠理吧?关于纱智子被害的事,我去医院问过圭织,正好悠理也在,她说是来送换洗衣服的。我顺便问了她一下,其中就包括那天的不在场证明。悠理说她那天休息,一直待在板羽町的公寓里。"

"是一个人吗?"

"好像是的。令我在意的是悠理左眼上戴的眼罩。"

"眼罩?"

"我若无其事地问她眼睛怎么了,她说是麦粒肿之类的病,突然就肿起来了。随后对话就这样结束了。"就在不久之前,麻薙在板羽町,还跟紫藤荣市和悠理的公寓管理员交谈过。"事发当天的早上,管理员好像在九点左右偶然看到了悠理。地点是在玄关大厅,她看上去像是要去哪里似的,不过由于没有直接对话,所以也不知道悠理要去哪里。问题是当时的悠理没有任何异常,更具体说就是,那时的她并没有戴眼罩。"

"是那天早上九点左右吗?"

"还有后续。管理员说当天下午——推测时间是从下午三点到五点之间,时间虽然不是很清楚,但他在公共入口处又看到了悠理的身影。他说这个时候对方是戴着眼罩的。他想'哎呀,今天早上明明没戴那样的东西',他想应该是发生了什么事。"

"也就是说……"塙坂抚摸下巴,歪着头,"从早上到傍晚之间,悠理除了拿东西外还发生了其他事,是这样吧?如果眼睛肿了,很有可能是因为被什么人给打了。进一步说,悠理可能直接参与了圭织被殴打事件或者纱智子被谋杀一案,也有可能两边她都参与了。"

"假设悠理在真正的事发现场袭击了圭织,圭织也用某个东西予以还击,换句话说双方曾互殴过。圭织设法回家报警,但又不能说是被悠理打的。毕竟是儿媳妇,说出来可能会引来很多麻烦。"

"如果这个判断是对的,那么真正的犯罪者悠理现在正以一副若无其事的样子,在医院照顾着身为受害者的岳母圭织……"

"当然,在这种情况下,两个人肯定已经事先串通好要保密,以防事态变得更糟糕。"

"或者,与悠理有关的只是纱智子被杀事件?"

麻薙将视线从塙坂转移到比吕身上。"你是想说悠理在事发当天可能并没有一直待在自己的公寓里,而是去了弓削田家?可她为什么要这么做呢?"

"我能想到的是,为了和那天也不上班的弓削田健吾见面。有没有可能是悠理和姐夫健吾出轨了?然而有一个人发现了这一点,那就是健吾的妻子纱智子。"

"纱智子是这么想的——如果自己参加同学会不在家的话,丈夫和弟媳一定会密会吧。"

"为了伪装,她坐朋友的车先去了'海洋之宝'。由于往返巴士和换乘JR电车太费时间,所以她大概率是坐出租车回的家。目的就是为了亲自在丈夫出轨时抓他现行。"

"然后健吾真的和悠理见面了，三个人很自然地产生了争执，悠理眼睛的伤口应该就是被纱智子打伤的吧。健吾为了制止妻子的行为，又与其发生了争执，他在情急之下用什么东西勒住妻子的脖子致其死亡。大体上应该是这么个情况吧。"

"果真如此的话，弓削田家应该会有争执过的痕迹。但从现场来看，这有些难以判断。"

"确实。即便弓削田家里有悠理的指纹和头发，但毕竟是亲戚，很难确定就是事发当天留下的。"

"血迹呢？悠理被打的时候可能出血了吧。如果出现鲁米诺反应并鉴定出来是她的血的话，那就不一样了。虽然亲戚之间有可能经常来往，但发生受伤出血这种事的概率应该很小吧。当然这也只是间接证据，并不是绝对的证据。"

"总之我还是得跟紫藤悠理重新谈谈，尤其是关于眼罩的问题。"

然而，就在经过各种取证之后，弓削田健吾向高和警署自首了，麻薙感到挫败。

"给你添麻烦了，实在抱歉。其实是我把社长——岳母紫藤圭织打伤了。"

根据健吾所说，两起重大案件都涉及他的亲属，在这样的情况下如果再隐瞒不说势必会使警方的调查出现混乱，并且会给纱智子被杀案件的调查带来障碍。就算在嫌疑人不明的情况下举行葬礼，妻子也难以瞑目。尽管这很丢人，他还是决定向警方坦白真相。

"一切的开端是我和荣市的妻子悠理出轨。"到这里为止都和比吕的观点相吻合，但不同的是密会的地方。"我到板羽町的公寓去见悠理了。那天荣市有慈善活动的工作，一直到晚上他应该都不在家。"

纱智子也因为出席同学会不在家，当健吾被问到是否考虑过把悠理叫到位于步杣町的家里时，健吾这样回答："那是不可能的。女人的直觉不可轻视。如果趁妻子不在的时候将外人带回家，妻子肯定会有所察觉。至少我不想冒这个风险，悠理也从女性的立场上认同这一观点，因此还是板羽町更令人放心。但这并不意味着荣市很迟钝。不，还是那个意思吧。那个先不说了。"送走和朋友们一起出发的纱智子后，健吾立刻前往悠理位于板羽町的公寓。"我在那里和悠理缠绵，完全没注意到社长回来了……"

那栋房子在长子夫妇居住之前就是圭织名下的房产，她拥有板羽町公寓的备用钥匙并不是什么奇怪的事。当被问到大门的链条是不是没有挂起来时，健吾回答道："本来打算挂上的，但好像忘了。"

听说当看到躺在床上的儿媳和女婿赤身裸体地抱在一起时，圭织异常愤怒。

"你们，果然……虽然没听清她在说什么，但就是那种很压抑的声音。我想她快要抑制不住自身的愤怒，可能真的要大声叫出来，但她又害怕被邻居听到。总之社长扔了个东西过来，直接击中悠理的脸……"

看着惨叫并捂住脸的悠理，健吾也慌了。"我马上抓住放在床边的闹钟——当时也没意识到抓住的是闹钟，从床上跳起来，挥舞着胳膊直接朝走过来的社长头上砸去。"

圭织捂着自己的脑袋，发出呻吟声，从床边摔倒在地。健吾说当他注意到血从她的手指之间滴下来时,大脑才在一瞬间冷静下来。"社长用自己的披肩捂着头,呻吟着。当时的我已经不知所措了。总之,我认为必须叫救护车,于是拿起手机。但社长露出了可怕的表情,并让我赶紧停下。"圭织随即指出,如果这种场面被外人看到的话就不好收场了。"确实。悠理和我都没有穿内衣,但我不能放任不管。就在我们犹豫不决时,社长这样吩咐我。"

圭织决定立即回家,自己报警说被身份不明的入侵者袭击了,还让他们不要把今天的事说出去。但当时圭织有些头晕,不确定自己能否正常驾驶。"于是我急忙穿上衣服,把社长送上了她的车。好在社长还能正常行走,所以我只需要简单帮一下忙就行了。在到停车场之前,我们还和两对素不相识的老人擦肩而过,看上去应该是公寓的住户,他们并没有觉得我特别可疑。"

把悠理一个人留在公寓,健吾带着圭织回到行木町,但圭织没有让健吾开车回家,只让他把车停在便利店的停车场里。"社长说要自己开车回去,于是我把驾驶座让给她,然后她便开车朝自家方向而去。虽然很担心她能否安全到家,但我还是按照社长的指示,打了一辆出租车回去——不,不是自己家,而是回板羽町那边。因为我很担心一个人在家的悠理。"

回到公寓,悠理已经戴上眼罩。"听说是在附近的药店买的。除此之外好像没什么大碍,这时我才想着该回家了……"他突然对用来打圭织的闹钟感到不安。"不管社长再怎么声明自己是在行木町的家里被歹徒袭击了,警察终究不是傻瓜。如果他们将怀疑的目光投到她的亲属身上,最后很有可能推测出真正的现场就是板羽町的公寓,通过血液鉴定或其他方法就可以确定那个闹钟是凶器。那样的话就完蛋了,我将无法脱身。一想到这里,我坐立不安,于是想干脆把那个闹钟扔到什么地方给处理掉吧,但是那样的话……"

回到家的荣市如果发现本应该放在家里的闹钟消失了的话,肯定会有所怀疑。"其实姐弟各自结婚的日子是在同一天,于是社长——岳母各自送给我们一个完全相同的闹钟。那个重要的纪念品跑哪儿去了——如果遭到荣市的逼问,悠理也没有办法辩解。最终我只是擦掉上面的血迹就放回原处了。"

当健吾终于回到位于步杣町的家里时,却发现了妻子纱智子的遗体。"到底是谁干的?纱智子不是应该去同学会了吗,为什么在这里?我没时间多想就报了警。虽然报了警,但我根本就不知该如何回答,在纱智子被杀的这段时间里自己在哪里、又做了什么。没有社长出谋划策,我什么都做不了。然而荣市又一直待在病房里,我根本就没法找社长商量。面对警察的问题,我别无选择,只能用模糊的回答搪塞过去……"

听了健吾的陈述,调查组向悠理和圭织询问了事情的真伪。悠理很爽快地承认了,一切正如健吾所说的那样。但圭织却坚决否认,声称袭击自己的不是女婿健吾,而是一个陌生的暴徒。案发现场也不是板羽町的公寓,而是位于行木町自己的家。虽然圭织一直这样坚持,但不断有证据证明健吾的说法。

板羽町公寓的闹钟测出了鲁米诺反应。此外,残留物上提取的DNA也与圭织的一致。最具决定性的证据,当属圭织家附近的便利店的监控录像。

在录像里能清楚看到,从副驾驶席上下来的圭织与健吾交换位置,而且圭织确实用披肩紧紧地按住自己的头。

看到这段影像的圭织放弃了抵抗,承认她最初在家中遭到歹徒袭击的陈述是假的。"对不起,实在对不起。但是……一考虑到荣市的心情，我怎么也说不出实情。媳妇出轨了，出轨对象居然是姐夫，是自己姐姐的丈夫……"

再加上纱智子被人杀害，主织遇到的事简直一个比一个惨。她崩溃地哭了起来。

就在这时，调查本部收到有关纱智子被害案件的证词。据说在事发当天中午十一点四十分左右，刚办完入住手续的纱智子出现在了"海洋之宝"的停车场里。

"纱智子坐在一辆白色轿车里，且并不是一个人。在后座上跟她并排坐着的还有一位年轻女性。"

据目击者称，虽然不清楚年龄，但驾驶座上的似乎是一个男人。警方根据该车的型号，对纱智子身边的朋友进行调查，发现该车主是一名三十二岁的男子，名叫岩月良太。岩月是纱智子学生时代兼职的录像带与漫画租赁店的店长，还和她交往过一段时间。

"说白了就是前女友。"岩月自嘲似的笑了起来，"即使在纱智子大学毕业之后，我还执着了一段时间。但当她结婚的时候，我就彻底放弃了。不，我是认真的，本来打算干脆地放弃此事，但之后她偶尔还会跟我联系，比如有空的话去喝一杯什么的。不，不，我这边也不是随时都有空的。我知道纱智子的意图，只是想要好友通票而已。"

"好友通票是什么？"

"航空公司员工的家人可以使用的廉价机票叫家庭通票，好友通票是那种机票的朋友版。我叔叔是某大型航空公司的乘务长。只要拜托他，就可以获得好友通票。纱智子的目标就是那个。毕竟只要有空位，就可以用低廉的价格买到商务舱的座位。"

"还真是很好的福利啊。"

"但是得等，也就是等有空位才行。这种票不能根据自己的意愿来使用。即使幸运地有空位，也因为有先后顺序所以无法确保能获得那个空位，因此有时间要求的人可能无法很好地使用它。在这一点上，身为自由职业者的纱智子能在购买到好友通票时请假，所以这对她来说诱惑很大。她的工作是导游，或许也有学习的意图，不过主要还是为了玩吧。"

"于是纱智子每次想要去旅行的时候就会联系你，让你准备好那个好友通票？"

"就是这样。我倒不是不愿意帮忙，毕竟不是我去购买机票，就是还得和叔叔讨价还价。不过每次都挺轻松的。当然，我不否认这样做别有用心。纱智子那边也知道，只要拜托我就不会遭到回绝。虽然不知道这种关系是否算孽缘，但至少叔叔从现在的公司辞职之前，纱智子和我的联系也不会中断吧。"

事件发生的前一天，当纱智子打来电话时，岩月认为这次也和以前一样是想获得好友通票。但电话刚接通，她就问："车还在吗？还记得维护费什么的很让你头疼吧，车是不是已经处理了？"

岩月补充说，他目前辞掉了所有兼职，正准备重新报考医科大学。"我回答说车还在，于是纱智子就让我明天开车接送她。"纱智子让他在上午十一点半之前到达"海洋之宝"并在停车场等着。"纱智子让我那天带她去高和，完事后再回到酒店，还说很抱歉让我往返两次。"

"为什么要拜托你那么奇怪的事情呢，纱智子说明缘由了吗？"

"没有，那个时候完全没有。我还试探着问了一下，这该不会是什么游戏之类的吧，结果被她糊弄过去了。我很了解她，根据以往的经验，在这种情况下纱智子是无论如何都不会做出回答的，我只能等她主动告知一切。第二天早上九点半左右，我一个人从高和这边出发了。"

岩月到达"海洋之宝"，在停车场等待时，纱智子出现了。"她不是一个人，身边还有同伴，这让我有些困惑。"

"那个同伴是女性吧。你认识吗？"

"不，那是第一次见面。纱智子也只说是朋友，并没有给我介绍的意思。随后我便载着她们俩迅速出发了。"

到达高和市后，和纱智子同行的女性在闹市区下了车。"然后我又开车送纱智子……你说她家？我不知道在哪里。车就停在步杣町的商店街入口附近。下车的时候纱智子说有事要办，等事情一结束就会用手机联系我，让我马上去接她。但我没问具体是什么事。"

"她说要花多长时间？"

"大概一小时就结束了。"纱智子说完就走了，岩月在一家常去的名叫"罗格斯利"的咖啡馆里等她，但最后也没有接到纱智子的电话。

"那位同行的女性有没有什么特征，或是有什么令你印象深刻的事？"

"呃，对啊。这么说来，她可能是受伤了吧，左手缠着绷带。好像是左撇子，我还感叹她会不会有什么不方便的地方。没多久她便在车里和纱智子抱怨起自己的丈夫。"显然，这个女人似乎已经结婚了。"那女人说：'因为吵架惹我生气，我把丈夫留在酒店里。'纱智子听后表示理解，说：'我丈夫也是，也许是觉得我没有注意到吧，还得意地和年轻的女人打招呼。光是女大学生就能把他迷得神魂颠倒，男人真是傻瓜，没完没了地折腾人。'"

"也就是说纱智子在谴责自己的丈夫和女大学生有不正当的关系？"

"具体情况不太清楚，听起来是那样。她的朋友也很生气，说这样的女的应该和她的丈夫一起解决掉。啊，对了。这么说来，纱智子管那个同伴叫铃。她们看上去关系很不错，感觉认识很长时间了。"

警方调查了来"海洋之宝"参加"迫扇学园"同学会的人员名单，那女人的身份很快就调查清楚了。北尾铃江，二十八岁，是纱智子的同班同学，她们好像从小学开始就认识了。

铃江本来是和身为同学的丈夫一起前来参加同学会的，但因为一点小事吵架了。她没去参加已经报名的高尔夫比赛并离开了"海洋之宝"。她说，"反正手也骨折了，没法打球。"她原本打算乘坐班车前往JR车站，却意外地碰到了纱智子。

铃江在得知纱智子打算先回高和市的家后感到非常幸运，于是纱智子便决定让她一同搭乘岩月的车。

"你对于搭乘初次见面而且还是男性驾驶的车，就没有感到犹豫或是有心理上的抵触吗？比方说，疑惑这个人是谁，他和纱智子是什么关系。"

"完全没有。这种事一点也不稀奇。纱智子就是这样的人，有很多可以随时委托各种事情的男性朋友。"

"他载你们到高和后，你在闹市区下了车，之后干了什么？"

警察肯定不会因为兴趣而问这种问题。铃江也充分认识到了问题的重要性，这其实是杀人事件调查中的一环。她调整好呼吸，停顿了一下，严肃地看着比吕。"和纱智子分开后，我肚子饿了，打算找个地方吃午饭。可当我想查找心仪的饭店时，才发现手机不见了。好像是忘在车里了。"

比吕默默用眼神示意她继续说下去，因为这些信息在此之前他就知道了。根据岩月的说法："对了，那个女的下车后，纱智子说了——'啊，铃也真是的，手机都忘了，之后得给她送过去才行。'"

"这是事实吗？也就是说，岩月先生你亲眼确认了那个叫铃的人把手机落在你车上吗？"

"没错，我通过后视镜看到了。"

铃江说，虽然她意识到手机在纱智子那里，但并没有立即去取。

"为什么，搜不到能吃午餐的地方不会很困扰吗？"

"那是因为我觉得即使马上去纱智子家，她那边也一定是激战正酣。"

从"海洋之宝"回高和的路上，纱智子在车上说她打算抓丈夫出轨的现行。"出轨对象是指之前说的那个女大学生吗？"

"应该是吧。纱智子虽然没有说出名字，但说会让那个女人后悔自己出生在这个世界上。这应该是个玩笑吧，但她的眼神并不像在开玩笑，气氛也变得严肃起来。说不好连我都会受伤——如果我真的去了那个地方，然后说对不起我忘记了手机，那会是多么愚蠢的行为啊。多一事不如少一事，还是等事态平息了比较好。但我并不太清楚具体要等多长时间。"

铃江先等了一小时左右，才前往位于步杣町的弓削田家。"不论怎么按门铃都没有回应，我还以为没人在家呢，可大门又没有锁。我不知道该怎么办，打开门往里面一看，鞋柜上放着我的手机……"

于是铃江拿起自己的手机就离开了现场。她还说自己什么也没做，什么都不知道。

"那么，关于纱智子女士被杀害的事情呢？"

"我是看了第二天的新闻才知道……"纱智子生前最后和她在一起的人是那辆车的司机（铃江声称她没有听说过岩月的名字）和自己，但铃江并不敢出来承认。她认为这样做并不会对调查有帮助。而且，如果让人得知她也参与其中，不仅是她自己，就连她丈夫以及周围的人都有可能受到困扰，这样做无疑有百害而无一利。

"如果铃江说的都是事实。"比吕耸了耸肩，"从时间上说，当她在弓削田家的鞋柜上发现自己的手机时，纱智子可能已经死在卧室里了。"

"那时，杀害纱智子的凶手是躲在屋里还是已经逃跑了呢？"

"会不会已经逃走了？我认为铃江当时应该不仅把自己的手机拿走了，而且还进卧室里亲眼看到了纱智子的遗体……"

"很有可能。"墒坂交叉着双臂点了点头，"在这种情况下，她可能害怕自己陷入困境，于是默默离开了。如果没有手机的事，铃江从岩月的车上离开后的事情也就说得通了。"

"实际上，最初遗忘在岩月车上并由纱智子保管的手机，后来确实并没有出现在凶杀现场。铃江不得不承认自己在与纱智子分开后去过弓削田家，然而在那个时候，她应该会注意到纱智子在室内被杀害了。如果对朋友的非正常死亡置之不理，而且在没有报警的情况下就决定装作不知道的话，估计会招致更多麻烦。"

"换言之，铃江之所以承认自己曾出现在凶杀现场，是因为她惯用的那只手很幸运地骨折了。"铃江在事发前几天的步行中曾摔倒过，当时她试图支撑一下身体，结果导致左手复合性骨折。这件事警方已经和她的主治医生确认过了。"即使使用某种工具，也几乎不可能用那种状态的手勒住受害者的脖子。铃江并不在嫌疑人名单中，至少她不可能是实施杀人的凶手。"

"那样的话，她马上报警也可以呀。就算铃江当时发现了纱智子的遗体，也不用担心被警方怀疑人是她杀的。估计当时她脑子没有转过来，或是说她只是不想卷入这场麻烦里。"

"从能否实施犯罪的角度来看，岩月的嫌疑更大。我们需要更深入地研究一下。"

纱智子下车后，岩月曾待在一家叫"罗格斯利"的咖啡馆里。警方也对这家店进行了调查，得知岩月确实在当天下午一点半左右进店。不仅是店里的员工，熟悉岩月的常客也都能证明岩月等到了四点半左右，因此在这方面是没有问题的。但是——

和铃江分开后，纱智子在步杣町的商店街入口下车这件事并没有得到任何证实，只是岩月本人坚持这么说。"假如不是在商店街的入口，而实际上是在弓削田家门口让纱智子下车的话，岩月不仅让她下了车，可能还和她一起进了屋。如果是这样的话，岩月完全有可能犯下罪行。当然了，能在杀害纱智子之后，在常去的咖啡馆悠闲地喝上三小时的茶，他也真是胆大啊。"

"不管岩月是去过弓削田家还是去了别的地方——"麻薙低下了头，"纱智子从岩月的车上下来后，径直步行到步杣町的家里，可以这样认为吗？"

"应该是这样的。她的尸体出现在弓削田家，被杀害的地点也能确定就是那间卧室。"

"她假装要去同学会，然后偷偷地回到高和，是为了能现场捉奸。可以认为出轨的对象，那个女大学生就是她的弟媳紫藤悠理吗？不，这个说法有点含糊。事实上，健吾已经承认与悠理有着不正当的男女关系，我在意的是纱智子对此有什么想法。也就是说，在她的心中，丈夫的出轨对象有没有可能是悠理以外的女大学生呢?"

"呃,为什么?"塙坂与比吕面面相觑,"麻薙警官怎么会这么想?"

"怀疑健吾和悠理二人关系的人不仅仅是纱智子,还有他们的岳母圭织。实际上,圭织撞见健吾和悠理密会并因此引发骚乱的地点是位于板羽町的荣市夫妇的公寓。"麻薙提出了自己的想法,但比吕和塙坂似乎没有明白是什么意思。

"而另一边,纱智子则特意不嫌麻烦地从'海洋之宝'乘车返回,毫不犹豫地直奔位于步杣町的家中。这似乎是因为她确信丈夫会在家里与出轨对象密会。可为什么双方会在这一行动上有分歧呢?"

"你所说的分歧是指,圭织确信密会场所是儿子的公寓,纱智子则确信那个地点是位于步杣町的自宅,她们为什么会有这样的判断,也就是说,她们的出发点为何不同吗?"

"健吾说过不可能把自己家作为密会场所,因为被妻子发现的风险很大。女人的直觉非常敏锐,以至于可以分辨出自己不在家时发生的任何细微变化。悠理作为女人也有同样的想法。也就是说,作为女人的圭织也是遵循同样的思考方式,踏入了儿子和他妻子的公寓。这难道不奇怪吗?"

"假设健吾和悠理出轨,由于两个人都曾出现在电视上,所以尽可能不去情人酒店之类的地方,以免被公众看到。二人应该是想趁对方的配偶不在家时,在某人的家中幽会。如果是这样的话,他们会选择板羽町的公寓而不是弓削田家。因为比起纱智子,荣市的直觉更加迟钝,不用担心他能注意到家里有什么细微变化。原来如此。"

"如果圭织是基于这样的判断前往位于板羽町的公寓的话,

那么纱智子也会有类似的想法。正因为知道荣市不会怀疑妻子不忠,基于这一点,趁他不在家的时候把男人带回自己家,这样的做法对悠理来说更现实。按道理纱智子应该这样想才对。"

"原来如此。如果纱智子确信丈夫的出轨对象是悠理的话,那就应该前往板羽町的公寓,而不是去步杣町的自宅。纱智子大概认为健吾的出轨对象就是个女大学生,与悠理无关。麻薙是想表达这个意思吧。"

"你想太多了吧。纱智子不过就是单纯认为,独自待在家里的丈夫会趁自己不在家时,放心带女人回家过夜吧。但从健吾的角度来考虑的话,如果那天在悠理家过夜的话,有可能碰上工作完回家的荣市,所以不如在自己家里幽会更安心吧。至少单纯来讲是这样的吧?但事实上他没有这样做。这一点我不是很明白。健吾说他在意女人的直觉,确实这样一看好像也解释得通。但不在自己家,反倒去荣市的公寓里幽会,关于这一点我怎么也理解不了。"

抱有同样疑惑的不只是麻薙,紫藤荣市也一样难以平复心情。

妻子和姐夫有染这一点确实让荣市受到了很大打击。最令他难以理解的是,两人竟然特意前往板羽町的家里幽会。自己当天确实晚上才能回家,但这样一来两人幽会的时间就得不到充分的保证。姐姐纱智子那天原本打算在很远的"海洋之宝"过夜,不论怎么想也是去弓削田家幽会更合适、更能让人放心吧。

至少荣市站在健吾的角度来思考此事的话,绝对会选择步杣町的家里。然而,为什么会是那样的结果呢?健吾可能会说单纯根据那天的心情来选择地点,但总感觉背后隐藏着什么秘密。

正当荣市感到郁闷的时候,他接触到了一个意外人物——北尾铃江。

荣市和铃江很熟，她是姐姐的朋友，小时候就住在他家附近，常常一起玩。

荣市听说铃江和姐姐纱智子一起从"海洋之宝"直奔高和的事后大吃一惊，但那份震惊与听到铃江接下来要说的话后的反应相比，只不过是个开端。

"纱智子确信老公健吾会在步枡町的自己家里见小三，毕竟她明确地跟我说过。"

据铃江所述，当她注意到自己的手机落在岩月的车里后，便径直前往弓削田家。"虽然是隔了一段时间才过去的，但依旧有可能碰上捉奸现场。于是我从外面朝屋里看，然后……"

有人从弓削田家出来，还是两个人。女的用披肩压着自己的头，男的搂着她的胳膊，就这样搀扶着她上了车。

"欸……那个女的是我母亲？"眼镜后面是荣市瞪大的双眼，"也就是说是母亲和姐夫弓削田健吾……"

铃江点了点头。"你也许会说：纱智子的丈夫出轨，对方如果是女大学生或者年轻女性也就罢了，为什么是母亲？关于这点我也不知道，在他们开车离开以后，我继续朝里面看了看，里面一片寂静。犹豫片刻后我按响门铃，但没有人回应，由于门没锁，我便小心翼翼地走了进去，于是——"铃江看到鞋柜上的手机后赶紧拿回来。"我觉得差不多该回去了。可转念一想，既然自己的手机放在这里，也就意味着帮忙拿回手机的纱智子应该已经回家了吧？但是，纱智子去哪里了？思考片刻后我决定上楼看看，然后就发现了倒在寝室的纱智子……"

铃江没敢去碰纱智子，但知道她已经断气了。"发生了什么？"荣市不解，"为什么母亲会在姐夫那里？还有，那个时候姐姐是被谁给杀了？"

"冷静下来听我说,荣市。从结果来说,纱智子她弄错对象了,她丈夫的出轨对象其实不是你的妻子悠理。"

荣市一言不发、哭笑不得地动了动嘴唇,却没说出来一个字。

"对,和你想的一样。纱智子的丈夫和你的母亲也是外遇关系。对于丈夫的外遇对象,纱智子只说过是个女大学生,这句话听上去很明显应该指的是创作歌手上田悠理。但是纱智子弄错了。"

"不,不可能……"他从喉咙里发出呻吟,"不可能,不!"

"纱智子也会感到惊讶吧。事务所的女社长和旗下的男艺人之间有龌龊关系什么的已经是司空见惯的事了,但对纱智子来说这无疑是晴天霹雳。这种事竟然发生在自己的丈夫和母亲身上,受到剧烈惊吓之后,她内心更多的是愤怒。她很有可能当场就不认这个母亲了。她们之间应该发生过争执。对纱智子来说,即使对方是她母亲,她也会毫不留情地动手,一旁的健吾当然会去阻止她。"

荣市茫然不知所措。

"或许是你母亲不知所措,健吾才出手帮忙的。虽然不是故意的,但她还是杀了自己的女儿。尽管纱智子失去了控制,对母亲采取过激行为,可这究竟是正当防卫或过度防卫呢,还是说是场不幸的事故?总之纱智子死了。本来应该叫来警察和救护车,但如果这样做的话,岳母和女婿之间的外遇就会暴露。这段将女儿牵扯进来的感情,结果竟然闹出了人命,这是多么大的一桩丑闻啊。你母亲本人自不必说,估计连'水果打击乐'也会难以运营下去。姑且不说你母亲和健吾分别会被判多重的刑,他们的余生肯定就社会性死亡了。啊,麻烦了,怎么办好呢?不论怎样绞尽脑汁去想解决方法,至少亲手杀死纱智子一事是无法掩盖的。"

77

"所以，他们打开弓削田家橱柜的抽屉，假装有小偷入室盗取财物……"

"最初应该打算好好伪装一下的吧，但是他们担心即使把贵重物品带到外面，也无法很好地处理，很容易露出马脚。于是便布置下一个现场———一名可疑的强盗杀死了纱智子，结果在没有偷任何东西的情况下逃跑了。至于纱智子的遗体，则由回家后的健吾发现并报警。那么，对健吾来说岳母的伤该如何处理呢？"

健吾火速将圭织带回行木町的家中，她则编造出在那里被入侵者袭击的故事。然而铃江认为，从一开始这两个人就很难向警方说明这种事。"你母亲报警说在家里遭到歹徒袭击。健吾也要马上报警，说自己回到家后发现本不应该待在家的妻子死在了家中。经过调查，很明显你母亲遭到神秘歹徒的袭击和纱智子被害的时间大致相同。母女在各自的家里，同时卷进了不同的事件，这真是充满了机会主义以及偶然性的情节。"

"所以，在那时……"荣市像自言自语一样，"她求悠理帮忙了吗？"

"这件事就演变成了和健吾出轨的不是荣市的母亲，而是妻子。即便如此，毕竟是女婿和儿媳妇发生婚外情，也肯定是一件大丑闻，但为了掩盖纱智子是自己亲手杀死的事实，只能这样迫不得已地进行下去。最终剧本发生改变———健吾和悠理在板羽町的公寓里密会，圭织走进公寓。打她的不是纱智子，而是健吾。"

"等一下，那悠理的眼罩呢？那也是……她其实没有受伤，这样做是为了让'生气的圭织向床上的悠理扔了什么'的谎言变得合理吗？"

"是不是为了配合谎言而故意弄伤眼睛还不清楚。我在想，真的有必要配合到这种程度吗？估计就是碰巧患上麦粒肿或用了某种东西使眼睛肿起来了吧。不过,他们也许真的会那样做,甚至故意弄伤自己。毕竟这件事非常严重。纱智子被害致死,如果想逃避制裁,就得付出相应的代价。"

"但是,如果是这样的话,悠理和这件事本没有任何关系,只是配合伪装而被弄伤了脸……"

"这么做还是值得的。用悠理受的伤和健吾的不光彩事迹来换取母亲杀害女儿的不在场证明。虽然不知道有什么交换条件,但是你母亲在那两个人面前已经一辈子抬不起头来了。"

与铃江分开的荣市,回家后立刻质问妻子悠理事情的经过。其实他想先见一下母亲圭织,但她还在住院。拼命想掩盖的真相被儿子知道了,这种精神上的打击很可能导致她病情恶化。

所以他决定先向悠理确认。如果铃江的假设是对的,那就不能这样简单地忘记。无论对圭织来说是多么不光彩和残酷的事情,如果以这样的方式埋葬在黑暗中,纱智子的事件就见不到光明。首先和悠理商量,如果能让妻子认识到这件事的重要性的话,他相信能说服母亲和健吾自首。

荣市对事态的预期有些过于乐观了。他深信妻子悠理只是受人之托,并没有出现在纱智子受害的现场,也没有直接伸出援手……

"那天,你在这个公寓休息的时候,姐夫是不是来了?大概就是他把遭到姐姐殴打的母亲送回行木町的家后发生的事。"还戴着眼罩的悠理静静地听着,既不肯定也不否定。

"姐夫拿出从家里带来的闹钟,你当时应该很困惑那是用来干什么的吧?那是姐姐攻击母亲的闹钟。幸运的是,咱们家有一个完全相同的东西,于是你们将我们的结婚礼物跟它进行调换,这样一来,如果警方在调查过程中从这里的闹钟上检测到血迹的话，就会误以为母亲被殴打的地点不是在步杉町的弓削田家，而是在咱们的公寓。你们通过调换闹钟，改变了犯罪现场。"

悠理低下头，但荣市并没有注意到她残酷无情的表情。"替换完闹钟的姐夫又拜托你做其他的事。姐夫想请你伪装成他的外遇对象，以此来掩盖那个对象其实是社长的事实。这样一来，母亲遭到姐夫殴打与姐姐被害的事毫无关系——这样的伪装就能顺利实施了。啊，对啊！"荣市忽然灵光一闪，"也许他们故意在行木町附近的便利店更换驾驶位置，就是为了在摄像头前留下踪迹。多亏那个监控，才能把姐夫是在这个公寓附近送母亲上车的谎言变得更加真实。不过不用多想也能知道，两人从步杉町的弓削田家开车过来的时候，也势必会留下同样的踪迹。"

"然后呢？"悠理抬起头说，"就算知道真相，你又打算怎么办？"

"母亲和姐夫必须如实跟警察交代，不然姐姐就太可怜了。"

"是啊。但是，我觉得说服这两个人也不容易。"

"我知道，所以悠理，我也想让你帮忙。"

"在我看来，正面进攻可能不行了。就算铃江的假设再怎么正确，也没有确凿的证据。佯装不知的话，这件事不就结束了吗？你这是在挑战两人的良心啊，尤其是弓削田那边的。"

悠理故意直呼健吾的姓氏。她想让荣市不再顾忌对方的身份，但他根本没有注意到妻子的策略。

悠理的计划是这样的：直接谈肯定不行，不如荣市先给健吾写封信。姐姐意外死亡，妻子不情愿地卷入伪装工作，然后恳切地说出对姐姐的哀悼，希望健吾能够敞开心扉。

荣市认为这是一个好主意，便乖乖地遵循妻子的建议⋯⋯结果没想到写给姐夫的信后来被用作了他的遗嘱。

内容由悠理指导。例如，原本应该指姐姐死亡的"我失去了最重要的人"，也可以理解为"我的妻子被姐夫偷走了"；本来是想表达让杀死纱智子的人去赎罪的"难以挽回"，也能被解释成自己对妻子和姐夫的婚外情感到绝望而厌烦。

悠理巧妙地将带着这封信的荣市骗到行木町的圭织家，先让他服下安眠药。伪装成上吊的话，不论是谁都会认为荣市是因为姐姐的死和妻子的婚外情而自杀的。实际上她也是这样实施的。

接下来，再处理那个名叫北尾铃江的女人，就是她让荣市产生了多余的想法。那就让她失踪吧。体力活交给男人，也就是健吾。即便如此，一个人也是相当困难的，先让圭织叫她过来，假装要给封口费，因为她曾威胁要将他们的关系暴露给媒体。健吾不知在什么时候说过，自己在偏远村落拍摄外景的时候，发现山里面有间户主不明的空房子，这样一来处理遗体的事就不会那么困难了。

最后一道工序，只需伪装成荣市在行木町的家中刺杀圭织，然后自己服用安眠药上吊就行了。以荣市强迫母亲跟自己一起赴死的形式结束一切。

*

"啊，婆婆。"悠理发出甜美的声音，吸着圭织的嘴唇，"我有点不安。"

"怎么了？"圭织用舌头从悠理的脖颈舔到乳房，"还有，不要叫婆婆，特别是在这种时候。"

"嗯，啊，是的。对，夫人，是吧？"

"对，对，叫我夫人。啊哈哈哈。"圭织打开悠理的腿，将脸埋在她的胯间。

"我想起了以前和丈夫的情人们这样互相舔对方的情景。像是一部奇怪的婚外恋电视剧，让人心惊肉跳。"圭织把悠理的身体翻过来，从背后抱住，"然后呢？有什么不安的？"

"如果纱智子突然在这种时候回来的话，你会怎么做呢？"

"那孩子应该会在那边住上一晚，是吧，小健？"健吾的阴茎越过悠理的后脑勺伸了过来，圭织用嘴迎上去，"那就没问题。"

"我曾妄想过，其实纱智子很早就注意到我们了。她现在正准备要抓个现行。"

"然后呢？要是咱们三个人做的事情被纱智子发现了该如何是好呢？"

"啊，夫人开始兴奋了。就让危险的妄想继续燃烧吧。"

"纱智子可能怀疑我和悠理了。但是，我想她压根儿没注意到我和岳母的事。"

"啊，好啊。小健，请多叫我岳母。一想到和女婿做了不该做的事，啊，已经不行了，太兴奋了。"

"可是，如果她怀疑我和小健的事，然后抱着这样的想法跑来这里一看，结果居然是三个人搞在一起。母亲和自己的丈夫以及弟妹搞在一起，纱智子肯定会很震惊，不晓得她会做什么，很有可能冲上来把咱们杀了。"

"这种妄想有时也很让人兴奋。但你会选择乖乖被杀掉吗？肯定会向纱智子还击的。"

"在这里？难道要杀了纱智子？哎，怎么办啊，要是出了那么大的事……"

"把纱智子的尸体遗弃在其他地方是不现实的。毕竟人类的尸体可不会那么容易出现在各种地方。"

"那么，纱智子的遗体就放在这里，假装被人杀害。那我们呢？"

"只能各自确保不在场证明了。办法会有的。万一有什么事的话，你们就说在悠理那边的公寓里密会。至少可以确保杀死纱智子的不在场证明。"

"这是一种舍身的战术。真大胆，哇，一旦妄想不该发生的事情，人就会变得越来越兴奋。夫人，再舔一舔。啊，哎呀，小健也是。两个人都多来点。"

以纱智子为受害者的这些假想对三人来说只不过是挑逗性的枕边谈话，谁也没想到会成为现实，而且除了纱智子之外，死亡人数还会增加。

直到纱智子从举办同学会的"海洋之宝"回来并闯入寝室。

"你们果然是……什么，什么？母亲？你在干什么呀，母亲？你怎么穿成这样……怎么回事？这是怎么回事，啊啊啊，你们，到底是怎么回事……"

独角戏

"说起来，那是在八月，也就是还没到九月吧？那个新闻阿柾你应该知道吧，就是K电视台高和频道那个叫两坂静流的播音员失踪的案件，还是说那个时候你连电视都没得看，处于摆烂状态？"

日渡香菜美眯起眼睛，望着照进病房的阳光。听到她的这番话，露久保柾海整个人瞬间僵在病床上。很快，他的身体就像溶化成液体似的放松下来，一阵虚无感也随之涌上他的心头。

终于……这个时刻还是来了吗？回想起来，在上个月，也就是二〇一九年十一月三十日，那是一个星期日的深夜，一动不动的柾海在公园的凉亭里被人发现，叫来救护车的人正是时隔十五年再次相见的学生香菜美，真可谓是段不幸的偶遇。因为家庭原因，她的姓氏已经改变，但无法改变她是宇德真治郎亲妹妹的事实。这完全可以称之为命运了吧？

"你知道两坂吧？平日里总能在晚间地方新闻上看到他的名字。他应该还不到四十吧？虽然常被人们看作帅哥，但很遗憾，在我这里他还真算不上英俊。总觉得他是那种进入事务所后没有成功凭借CD出道的杰尼斯艺人。以为他是本地人，没想到却是从东京派遣来的。"

"失踪……"柾海这句话在香菜美听来就是个疑问句。

"这样啊,你果然没看啊!我最开始看到的新闻是,两坂先生的太太以及儿子在夏威夷的旅途中遭遇重大交通事故不幸身亡。不知道电视台有没有报道,至少我在其他电视台上见过。"

香菜美似乎没有注意到柾海僵硬的表情,继续说道:"实际上电视台的工作人员一直在寻找他夫人,因为联系不上两坂先生,弄得他们焦头烂额。好像已经报警了。这么说的话,那个时候确实有一阵子没有在电视上见过两坂先生的脸。那个,柾,你知道吗?"

柾海迷离彷徨的视线,迟缓地回到香菜美身上。

"客死夏威夷的两坂先生的夫人,名字叫郁奈。馥郁的郁加上奈良的奈,以前叫曾根郁奈,不知道你还记得吗?"

总算……总算说出那个可恶女人的名字了。这果然是上天的安排吧?柾海似乎也听天由命了。为了坦白并忏悔迄今为止犯下的罪行,上天替他安排了这出独角戏。观众只有香菜美一人。这场戏则是用超越人类的意志与力量准备的。

"真……"他的嗓音变得沙哑起来,然后重新说道,"真治郎。"

"什么?"

"就是你哥哥啊,宇德真治郎。他曾交往的女朋友就是曾根郁奈。"

柾海无意识地直呼起对方的姓名。正在犹豫是否该改口之际,敲门声打断了他的思绪。进来的是已经熟识的护士。她斜视着放在推车上的笔记本电脑,然后给他测量体温、血压以及脉搏,今日定时检查的例行程序就这样结束了。

护士离开后,屋里充斥着与刚才性质有所不同的气息。或许是为了打破尴尬氛围,香菜美发出爽朗的声音:"阿真和郁奈交往过,真的吗?我哥哥他确实很受欢迎,但至少我并没有听说过这种事……"

"关于你哥哥的事,我有件事必须跟你说。准确地说,我必须跟你道歉。"

香菜美闭上嘴,坐在折叠椅上扭动身体。她神情困惑地盯着柾海,那眼神让人感觉她像在提防着柾海会忽然犯邪,从病床上坐起来袭击她。

"真治郎是在上高一的时候失踪的。"

香菜美注视着柾海,轻轻抬起下巴。"那是发生在二〇〇三年吧?我记得是阿真喜欢的施瓦辛格成为加利福尼亚州州长的那一年。都过去十六年了啊。他现在人在哪里,又在做些什么啊……"

"很遗憾……"柾海打断香菜美的话,痛苦地说道,"很遗憾,他已经去世了。"

香菜美眨了眨眼睛。面对怅然若失歪着头的她,柾海有些烦燥地接着说道:"是真的。即使难以相信,真治郎也已经不在了。"

"不,不,我说,老师。"她没有说"柾",而是老师。在这个称呼中流露出香菜美不知如何是好的心情。"不是这样的……"

"是我杀的他。"

香菜美从折叠椅子上微微向前倾,保持着这个姿势僵住了。

"我现在的精神很正常,也没有喝多。自从被抬到这家医院后我就没有再摄取过酒精,哪怕一滴也没碰过。"

香菜美犹豫要不要站起来,最终还是决定重新坐下。

"你是说'你杀的他'吗?是老师把哥哥给杀了吗?"

他试图用正式点的语调开个玩笑,但似乎并不奏效。只见香菜美愤怒地站起来，低头盯着柾海道："阿真确实不在了。有一天，他突然消失了，就在我们的面前。然后，在那以后……不过，这件事到底和柾你有什么……"

"不仅仅是真治郎。"

"什么？"

"你还记得峰村吗，峰村健也？"

"难不成是社会科的那位峰村老师？"

柾海点了点头。他掀开床单抬起上半身，不住地咳嗽起来。"他其实也失踪了，应该是在日读同学读高中的时候吧。"

"不是日读，是日渡。我的名字是日渡而不是日读。真是的，这些年明明一直在纠正大家这个错误。不过这都是无关紧要的事了。嗯，我还记得，是上高二的时候。当时和我交往的前男友非常喜欢棒球，第一届世界棒球经典赛日本夺冠的时候，可把他高兴坏了。"

"二〇〇六年……已经是十三年前的事了。峰村老师失踪的真相，其实也是我杀了他。"

"等、等一下。"

"被我杀死然后藏起来的尸体，并非只有他们两个的。"

"啊。"

"下舞那个家伙也是。不过就算说出来，日读应该也不认识这个男人。"

"我都说了，我是日渡。你真是……唉。"香菜美紧皱眉头，将身体前倾，"下舞？奇怪，为什么你会说我不认识……"她本想偷偷看一眼柾海，但停止了这个动作，而是望向天空。"稍微冷静一下吧，你为什么会突然说出这种莫名其妙的话？"

"播音员的事。"

"你说什么？"

"原本咱们在聊两坂的事。"

"你是说两坂主播下落不明的新闻吧？你听到这个消息后，就联想到以前阿真还有峰村的事了？难不成，两坂主播也是柾杀害的吗……"

香菜美的声音有些发蔫。她和柾海四目相对，一时间无法动弹。"等、等、等一下。"她噶嘶噶嘶地挠着短发，咚的一声坐回折叠椅上，"等一下，让我们彼此冷静一下。深呼吸。冷静。嗯。"

"也是。不管怎么说这也太突然了。如果不从头开始说明的话，日读也只能听得一头雾水。"

香菜美跷起二郎腿，发出"啊啊啊"的令人不快的叹息声。"从头说明是什么意思？算了，姑且先听一听吧。"

"正如我刚才说的那样，事情发端于十六年前的二〇〇三年，上高中一年级的宇德真治郎突然下落不明。那时候日读你应该还是初二的学生吧。在此之前，学校里几乎没人知道他和你之间是亲兄妹的关系，不论是学生还是老师都不知道。"

"什么，你说没人知道？大家都很清楚啊。阿真和我在户籍上是叔侄关系，但实际上是真正的哥哥与妹妹。"

香菜美的外公外婆宇德夫妇没有儿子，只有四个女儿。由于迟迟没有谈好赘婿方面的事情，于是在三女儿婆家日渡家的体谅下，过继给宇德夫妇一个男孩。这个孩子就是香菜美的亲哥哥，真治郎。

"这也不是什么秘密，应该不会有人不知道吧？"

"我就不知道。直到你们家请求警方寻找真治郎，引发骚动的时候我才知道此事。"

"怎么可能？朋友们全都知道。搞什么，老师竟然不了解学生的家庭情况。"

"当然，班主任他们应该会知道这种事吧，不过即便是老师，也不可能清楚全校学生的隐私问题。学生也是一样吧？所谓众所周知的事，都是限定在关系非常亲密的朋友之间。如果在校内外看到你们亲密的样子，肯定会有很多同学不知道你们是兄妹，而误以为你们是在交往吧？"

"不，不不不，没有。绝对没有这样的人。"

"当然有，曾根郁奈就是这么认为的。"柾海冲不禁发笑的香菜美投以怜悯的笑容，"郁奈坚信真治郎被你所吸引，并对你产生了强烈的嫉妒之情。正因为如此，她才会请求我，不，应该是命令我，杀害真治郎。"

"这——"香菜美抱着胳膊，"我不明白。这究竟是怎么一回事？"

"郁奈不知道你们是兄妹，她的妒意严重到萌生杀意，直到最后要杀人的地步……"

"你说严重到萌生杀意，是对谁，阿真？难不成郁奈暗恋我？她是隐藏的女同性恋？"

"不是的，你在说些什么啊。郁奈和真治郎交往过。然而她却误以为真治郎在偷偷地跟日读你交往，所以才会……"

"她真的不知道我和阿真是兄妹吗？那她想杀的人应该不是阿真，而是我呀？"

柾海半张着嘴，用手指擦拭着鼻子下方。"这……那、那个……"

"不论怎样想，如果胡乱猜想自己的男友跟其他女孩之间的关系而产生杀意的话，正常情况下都会这样做吧？"

"不，郁奈说如果无法留住对方的心，那就要找个机会亲手夺走对方的性命。"

"可她压根儿就没有亲自动手。你刚才说她命令你做这件事，又是什么意思？"

柾海来回揉着自己的脸，双手的指缝透出他可疑的三白眼。"毕竟……这都是很久以前的事了，记忆方面的很多细节已经不可靠了，总之郁奈就是这样一个可怕的女人。她不仅性格冷酷，而且想法异于常人，可以说她拥有超越人类的不可思议的力量，可以随意操控他人的意识。"

"剧情怎么变得如此突然。我本以为会是失踪杀人之类的刑侦剧情节，没想到会是偏向恐怖的悬疑剧，还是说……是超自然风格的悬疑剧？"

"即便被你惊讶地说这些事荒唐且毫无根据，也没办法。我现在的状况就是如此。虽然极不情愿说出的这些话，会令人怀疑我是不是在酒精依赖症下，在半死不活的状态中因神经错乱说出了疯言疯语，但我再也没有其他方式表达作为当事人的真实感受了。我就像被施了魔法，或者说是被施了强大的催眠术，在郁奈的操控下杀害了他人，而且还是四位男性。"

香菜美双腿放平，双手撑着折叠椅坐到病床旁边。她注视着柾海的双眸，眼神中带着从未见过的严肃。

"四个人，也就是阿真、峰村老师、叫下舞的人，以及两坂主播？"

或许是因为终于要正面回应此事从而感到心安吧，柾海微微一笑，重新枕回枕头上。

"姑且不谈郁奈对阿真产生杀意的经过，她具体是怎么命令你的？是直截了当地对你说'你能不能将真治郎那个浑蛋给我干掉'之类的话吗?"

"是信。"他带着哭笑不得的表情仰望天花板,"她写好信寄到我家。除了贺年卡之类的礼节性物品外,我很少收到学生寄来的私人信件。至少那是我第一次收到私人来信,这让我颇为不知所措。"

"当时的郁奈应该和我同岁,也在念初二吧?柾教过她吗?"

"一次都没有。在前一年,也就是她初一的时候,我曾给她们班监考过,自然就记住她的脸了。不过没有私下交谈过,所以那封信到底是怎么回事,当时真叫人有些糊涂。信封和信纸全都是碎花图案,极具少女感。我还害羞地以为是早熟的少女寄来的情书呢。可信里的内容实在是太离谱了,我看完后整个人吓得不行。"

请帮我杀掉高一峰村所教班级的宇德真治郎……杀人方法由露久保老师自行决定……请将真治郎的尸体扔到边野喜村的废弃房屋里……因为周围的村子已经没人居住了,所以不用担心会被人发现……当然,这件事不要告诉其他人,我相信这件事会成为我与老师两人之间的秘密……

柾海声音空洞,犹如朗读短歌一般。香菜美听完后紧皱眉头,脸上流露出厌恶之情。"真的像你说的那样吗?上面写得这么具体吗?"

"直到如今,上面的每一句话我都还记得。"

"遍冶喜村指的是?"

香菜美想要确认这个村名的汉字写法,柾海便针对她不知道的关于这个地方的信息进行解释:"顺着太期溪谷方向的道路稍微往里走一会儿就能找到。实际上,当时那里已经变成废村。虽说不知道那座空房子与郁奈有什么渊源,但在寄来的地图上,有她亲笔标出的详细路线。"

"看来那真是郁奈本人写的。就刚才从柾口中听到的内容来看,郁奈给人留下的印象是少年老成,可那时的她不过才十四岁啊。"

"虽然没有对照笔迹,但那确实是郁奈写的。因为寄完信后没多久,她就特意来到职员办公室,一本正经地问我:'老师,那封信您看了吗?'"

"你怎么回答的?"

"我先装糊涂说:'什么东西啊?我并没有收到曾根同学寄来的信。'"他不自在似的扭动着身体,随后再次坐起身,"这也是没办法的事啊。信中的内容就是这样,要是真的正儿八经跟她说什么恶作剧这种事请适可而止,再争论起来的话,很有可能招来不必要的麻烦。然而这种事又没办法轻易跟其他人商量。"

"虽然不记得当时她的班主任是谁了,不过你就没有想过把那封信转交给她的班主任,然后拜托对方适当管教一下吗?"

"要是这种荒唐的行为招来莫须有的误会该怎么办?一个女学生能私下对我说出如此骇人听闻的话,是不是正因为我们有着不正当的关系?要是被这样胡乱猜测的话,那我可就身败名裂了。"

"原来如此。不正当的关系啊。"香菜美眯起眼睛,娇声娇气地说,"郁奈信中所写的内容,你刚才全都说出来了吗?"

"什么意思?"

"就是你按照委托杀害阿真后,有没有什么回报?"

"回、回报是指?"

"不管怎么说,这毕竟是杀人。完成任务后郁奈不应该给你奖励吗?应该不是钱,而是以其他形式支付的成功报酬。"

"称、城称撑、称乘、成功、是指、你、那个。"

"现在你大脑中的假名正在与汉字产生错误转换。不过我也弄懂了。"

"啊。"他按住睡衣的胸口处,脖子仿佛折断似的向前落下,"心、心脏疼。"

"你可别想就这样糊弄过去。如果你不好好回答的话,我就把手插进你的鼻子里,到时候你这颗心脏就会停止跳动了。"

"日、日读同学,病人、我可是病人啊,请你同情一下吧。而且你已经不再是调皮捣乱的年纪了。我可不想再像教训蹲在便利店前的停车场里抽烟的学生那样进行说教,况且你也不想听到这些吧?"

"我从主治医生那里认真听过,你之所以晕倒在公园,是因为两个多星期里,你除了酒精外什么都没有摄取过。你这个白痴就是单纯的营养不良。也多亏如此,你才能在这种时候准确说出别人的名字。有闲工夫耍这种令人不爽的小花招,不如麻利地坦白交代。八成是郁奈施展了美人计,说什么如果顺利完成任务的话就跟你做色色的事情,然后你就上套了。"

"太恐怖了。"他拉起床单,遮住脸的下半部分,"女人真是太恐怖了,随随便便就能读懂人的内心。"

"这可不是什么读心术。总而言之,柾其实就是为了换取淫乱的机会才堕落成杀人犯的。"

"不、不对,不是的,不是这样的。不,虽然结局可能是这样,但至少在那个时候我对郁奈说没有收到过信,拒绝了她的引诱。"

"郁奈的反应如何?"

"她意味深长地笑了,还说总有一天我会收到,还说会等我的好消息。她的演技完全可以和舞台上的女演员相提并论。从那天晚上开始,我就做起了奇怪的梦……"

"什么,梦?"

"一开始只是我在开车,不知道自己在何处行驶,也不知道将会驶向何方。我变得相当急躁。由于不知道为什么会如此焦躁,很快就醒了。在反复梦到这个场景的过程中,梦境在一点点地发生变化。车上并非只有我一人,在后座上还有一人……"

"谁?"

"真治郎,他就在后面。明知道他在后面,可我却不敢回头。我很害怕在不经意间看到他的脸时,他会问:'我说老师,你要带我去哪里啊?'"伴随着窥视肩膀后方的动作,他全身颤抖起来。"我做了这样的梦,然后真的、真的……听到真治郎失踪的消息。他家里人报案引起骚乱。我不是他的班主任,也不是副班主任,没被直接叫去问话,不过警察还是来到学校……"

"我和父母一同接受了调查,这也是合情合理的事。记得那时在学校里发生过不愉快的事,他摇摇晃晃地逃出家门。和混日子的妹妹形成对比,成绩优异、学习认真,在大人中很受欢迎的阿真,偶尔也会有郁闷的时候吧。本以为用不了几天,他就会跟什么都没有发生过似的,若无其事地回来。谁承想……谁承想他最后会被柾给杀掉。"

"那时候我什么都不知道。不、不不不,请等一下。在那个阶段,我压根儿想不出他的失踪跟我的梦有怎样的因果关系。只是觉得这种偶然性让人有点不舒服,差不多就是这种程度的感觉罢了。然后某一天,郁奈来到办公室,笑着对我说,感谢我能遵守约定。不、不,你先等一下。"他挥舞着手补充道,"就像刚才说的那样,我的态度一直是没有收到过她的来信,也不记得她曾拜托过我。于是我这样问她——我什么都没有收到，你没有理由跟我道谢，你到底想要说什么……"

"她不是让你除掉真治郎了吗？"

"她跟我说——你按照我的指示杀了他，将尸体扔进边野喜村的废弃房屋里，辛苦你了。"

"她说'辛苦你了'啊。当时不过十四岁的小姑娘，竟然如此居高临下地对你说话？那么成功后的报酬呢？先不管你这边是怎么想的，如果郁奈觉得你是按照她的要求杀了阿真，自然会支付约定好的回报。喂，不要看别的地方。到底做了没有？"

"那种事，做没做过的，也未免太直截了当了吧，一点感情都没有。"

"你这个白痴，就问你和郁奈做过还是没做过？这种淫乱的行为，要感情有屁用？"

"其实，是她跑来我家的。"

"那你就是和郁奈做过了。居然在家里头做这种事，多么无耻啊。对了，那个时候，你夫人还有孩子呢？"

"当时我和夫人正处于分居状态。"

"因为你喝大酒的关系？"

"发生了很多事。某年新年聚会还是忘年会上，我喝得酩酊大醉，三更半夜才回到家里。当时酒意正浓，提着寿司盒的我吵醒了熟睡中的、正在上小学的女儿还有小儿子。我自己完全没有印象，等转天早上醒来，就闻到房间里笼罩着一股子怪味，就跟什么东西馊了一样。我问妻子这是怎么回事，她跟我说孩子的房间必须消毒，书桌也要换一张。"

"到底发生了什么事？不，我能推测出来，不过想到后觉得好恐怖。"

"总的来说就是酩酊大醉的我本以为自己在好好上厕所,可实际上那是女儿的房间。而且不仅仅是从上面出来东西,就连下面也……"

"住嘴。够了。要是再详细说下去的话我就杀了你!"

"平常凶神恶煞的妻子神情出奇的温柔,她用如地震般的声音跟我说——如果可以的话,真想让你也体验一回彻夜未眠打扫房间,还有清洗衣服的壮举。她的话让我很害怕。从那天开始,女儿再也没有跟我说过一句话,就算成年了也禁止我在规定的范围内靠近她,婚礼都没邀请我去参加,就连外孙的面都不让见。当时她心仪的偶像周边好像全被我破坏了,她这样对我也是情理之中的事。"

"你真是太差劲了。我活了三十年,和很多差劲的男人打过交道,可从没见过你这种废物。"

"妻子暂且不提,年幼的女儿都哭着说不愿意和爸爸呼吸同样的空气。儿子也不愿意站在我这边,自那天起,他有很长一段时间都独自住在学校附近的单人公寓里。"

"原来如此。因为不会有人搅局,所以郁奈来家里你也不必担心。"

"不是你想的那样,我曾再三拒绝,不要以为我想和郁奈发生关系。我也反抗过,没错,非常严肃地反抗过,还很严厉地跟她讲道理。"

"可最终还是跟她做了,是吧?那不一样吗?"

"仔细一想还真是不可思议啊,为何郁奈能精准地控制我的嗜好呢?我的那里受到冲击,根本无法反抗,就连'啊啊'的声音都发不出来。"

"虽然不知道你想到了什么,但不要发出如此恶心的声音。"

"说真的，郁奈能读懂他人的内心，操控他人的意识。她就是个拥有这种超能力的人。"

"抛开那些令人不忍直视的内容，你该如何解释你除掉阿真后，郁奈给你的报酬？那个时候别说阿真了，估计你不记得有杀人事件发生吧？你不觉得奇怪吗？"

"我当然也想过，这究竟是怎么一回事呢？说不定谋杀真治郎不过是个借口，郁奈真正的目的只是想和我做爱之类的。不，她用下流的眼神看着我。即便这样想也不是没可能吧？不是我自负，郁奈的行为举止真的很奇怪。"

"确实有点。"

"我本以为真治郎用不了多久就会突然回来，但一直没有关于他的消息。他真的死了吗？我想方设法让自己冷静下来，可越是沉溺在快乐中就越是感到不安。"

"看来郁奈给你的奖励并非只有一次了。"

"某天，我终于开始坐立不安起来。"

"喂，你别在这里省略内容啊。"

"某天，我根据郁奈信中的那张地图，开车前往边野喜村，花了两个半小时或者三小时才到达目的地。其间，我仿佛一直在噩梦中徘徊。我一边祈祷着尽快从噩梦中醒来，一边偷偷朝有问题的废弃房屋里望去，然后……"

"阿真在里面？"

柾海抽搐着嘴唇连连点头。"他穿着校服，不知死了多长时间。我感觉自己轻飘飘的，仿佛这就是梦境的延续。当我突然回过神来，已经不知不觉回到家里。我注意到自己的身上有股奇妙的、物理层面的厚重黏稠感，全身还包裹着腐臭味，于是洗了好几遍澡。随后，当我喝到断片再度睁开眼的时候，我确信这一切都不是梦。我杀了真治郎，把遗体装在车里，然后遗弃在边野喜村的废弃房屋里。这真的是现实中发生的事吗？"

"为什么会突然这样想？阿真的遗体确实出现在废弃房屋里，就算这是难以改变的事实，但仅凭这点就确信是自己杀了人并把尸体运到那里，未免也太武断了吧？"

"正题恰恰从这里开始，这件事并没因为真治郎的事件而结束。三年后，也就是二〇〇六年。"

"就是峰村老师失踪的那一年吧。你说过，他也被你杀了。难不成这件事也是郁奈怂恿你干的？"

"她跟我说……有麻烦，要我帮帮她。说什么受到峰村老师的威胁。"

"威胁？这件事和阿真也有关系吗？"

"很敏锐嘛。你说得没错。事已至此，能这么想也很正常。郁奈跟我说，峰村老师知道她跟真治郎失踪一事有莫大的关系。"

"他是怎么知道这种事的？"

"估计是真治郎在失踪前曾跟峰村老师挑明过，如果自己发生什么重大变故的话，那一定和郁奈有关系，到时还请通知警察。"

"啊，这么说来，你刚才确实提到过高一峰村教的班级。当时阿真的班主任就是峰村老师，去找老师商量私人问题也没什么奇怪的。不过突然提到这种事，估计峰村老师也很为难吧？毕竟这种事太难说清楚了。最主要的是，这件事发生的时候郁奈不过是个正在上初二的小姑娘，这个岁数的人能做出什么来呢？"

"至于峰村老师当时对真治郎所说的内容有几分相信，我们就很难判断了。但事实上，真治郎失踪了，因为是他本人提出的求助，所以峰村老师也无法置之不理。暂且不提具体的操作，峰村老师在这三年时间里，应该用尽各种手段进行调查，以至于他确信，真治郎就是被郁奈杀害的。当然了，实际下手并处理尸体的另有其人，但幕后黑手就是郁奈。"

"既然那么确信，那赶紧通知警察不就好了，他为什么要进行威胁呢？难不成峰村老师的目的不是为了钱？"

"郁奈说峰村老师逼她和自己结婚。"

"什么，结婚？"

"再过一年，她就要上高三了。对方说等她一毕业就立刻结婚。如果不照他说的去做，他就会告发真治郎被杀的事。"

"受到威胁的郁奈不知如何是好，于是便拜托你了？又是写信吗？让你无论如何都想想办法，把峰村老师杀掉，让他永远闭嘴？"

"这次是直接口头说的。她说不管用什么方法都可以，总之就是让峰村老师从她眼前消失。前往边野喜村的方法我已经记住了，就不需要地图了。"

"然后你就像上次杀害阿真一样，将峰村老师杀害后把他的遗体扔到废弃的房屋里？你接到命令后，就唯唯诺诺地服从了吗？"

"怎么可能？那个时候，我还对自己是否杀害过真治郎一事半信半疑，于是叱责她不要开这种恶意的玩笑，并让她回去。"

"这回郁奈是不是又跟你提出交换条件了？"

"只是暗示了而已。或许正是因为这个，我从那天起就被噩梦纠缠。梦境中，我在开车的时候，一丝不挂的郁奈突然出现在原本无人的副驾驶座上。"柾海的眼睛变得浑浊，不知是在战栗还是在陶醉，"等手握方向盘的我回过神时，自己竟然也变得一丝不挂。郁奈坐在那里手舞足蹈。别这样，危险！这一带的山路上很多地方都没有护栏——当我注意到这一点的时候，突然想到一件很意外的事。山路，我这是要开往哪里？这样的话……想到这里我就想回头看，但却行不通。难道抱住我脖子不撒手的郁奈不说，我就不知道后座上有什么了吗？是峰村老师的尸体。他的尸体被装在车上。人是我杀的……这段内容我梦到了一遍又一遍，最终噩梦变成了现实。"

"话说回来，峰村老师失踪的时候，坊间流传着一个恐怖的传闻——他是不是被绑架了？不，不是说柽你绑架的。现在回想起来，当时峰村老师好像正在跟中央商界某大人物的女儿相亲，也有人传是学校理事会的某位厉害人物。虽然不清楚确切情况，但如果这件事是真的话，那不就是相当好的姻缘吗？他不就成上门女婿了吗？可问题出在那位大小姐身上。她和峰村老师年龄相仿，当时应该三十来岁，曾是某偶像团队的一员。虽然不声不响地隐退了，但依旧有相当多的死忠粉。或许是一部分过激的粉丝，也不知是那帮追星的还是亲卫队，对身为相亲对象的峰村老师怀恨在心，所以才出手袭击他。差不多就是这么一个都市传说。"

"峰村老师遭到绑架的传闻我当时也听过，但可能是担心说不定哪天就会查到自己头上，所以才会感到如此不安。至于大小姐是前偶像团体成员以及相亲的这些事，我今天才头一次听说。"

"也难怪你会这么说。刚才跟你说的相亲的事，不仅仅是我，其他老师和同学也一样，都是峰村老师失踪事件发生后，大家才知道的。在那之前好像因为什么事，没有过多声张。"

"也就是说，当时的我压根儿就不必担心自己会被怀疑吗？早知道是这样，我就没必要整日提心吊胆了。不过事到如今，再怎么抱怨也没用了。郁奈一定暗自庆幸，这个结局正合她意吧？

如果这种错误的谣言真的流传开来的话,估计人们做梦都想不到她才是幕后黑手。"

"那么和上次一样,郁奈到底有没有给你作为回报的奖励呢?"

软弱的柾海露出自嘲的笑容。"我很不安,觉得不能那样做,但也许这反倒成为一种刺激。等此事结束郁奈离开后,我重新一想,觉得过于荒唐,于是陷入自我厌恶之中。的确,我曾不断梦到开车搬运峰村老师遗体的场面。但那不就是个梦吗?实际上,我从二〇〇三年开始就没有去过边野喜村,更没有杀过峰村老师。你说我有可能做出这种事吗?"

"如果你真的做出那种事的话,不论过去多久,都不可能忘得一干二净。"

"是的,绝对会记得。怎么可能忘记呢?我或许是被郁奈的美色所迷惑,有点陷入危险的精神状态之中了吧?"

"不过,要想让自己弄清楚这件事也是意外的困难。尽管你说有些不对劲,但还没有彻底失去理智。要想证实,最直截了当的方法就是前往有问题的废弃房屋进行确认。"

"没错,"柾海不住地咳嗽起来,"你说得没错。我也是这么想的。某天,我开车驶向边野喜村。上次是在太阳快落山的时候去的,这次我是趁休息日的清晨,从自家公寓出发的。令人啼笑皆非的是,那天特别适合出行。或许正是因为这点,当我在中午前赶到的时候,总觉得糊里糊涂的,因为眼前出现的只有一间老旧的空房子。就像突然偷看了一眼布景侧面的鬼屋一样,我感到相当沮丧。我到底在无奈些什么,在害怕些什么呢?我面带苦笑走进废弃的房屋,然后……"

他像突然感到呼吸困难似的抓住胸口,然后用手捂住自己的嘴。"恐怖电影里的残酷场景，一般都会把灯光调暗吧？如果在灿烂的阳光下展开血腥场面，虽然会让人觉得恶心，但并不觉得有多恐怖。反正直到那个时候，我还是这么想的。结果出乎我的意料，暴露在光天化日之下的遗体，那个场景是多么令人震惊啊。从某种意义上说，它就像个滑稽的艺术品，令人觉得相当的不吉利。"

"那不是间废弃的房屋吗，怎么可能亮着灯呢？里面应该很昏暗吧？"

"虽说是间废弃的空屋，但严格来说应该是间库房，并不是什么住宅。里面有着用来收纳农具的空间，打开和天花板一样高的巨大拉门，能见到宽敞的三合土地面。正好那里布满阳光……"

"有峰村老师的尸体吗？"

"有，真治郎的遗体也在……他们的尸体腐烂得不成样子。身上穿着破烂制服的峰村老师正压在他的身上。"柾海长叹一口气，声音如笛声般从他喉咙中发出，"果然……果然是我做的吗？我大脑一片空白，几乎快要疯了。但是当我坐在车里逃回家时，心中竟慢慢涌上了奇怪的兴奋之情。"

"兴奋？"

"还是说解放感比较好？总而言之，就是觉得心情变得格外愉快……这究竟是怎么一回事？就连我自己都觉得相当恐怖。"

"说得也是。假设你真的把同事杀了，还能如此愉快的话，那确实极度危险。"

"不过，我没有再继续思考，而是认为这样一来，就不会再受到打扰，郁奈是我的囊中之物了。当时的我一定沉浸在了这种成就感里。"

"不管怎么说,就从你为郁奈犯下两起杀人事件,认为她是属于自己的这一点来看,可以说,如果你没有发出喜悦的呐喊反倒有些不正常。那应该不是喜悦,更有可能是疯狂。"

"这很大程度上是因为我知道了峰村老师逼迫郁奈和他结婚的事。在此之前我从未想过要娶自己的女学生为妻,但一想到有些同事也有这样的愿望,那我选郁奈做再婚的对象,就一点也不奇怪了。"

"不不不,峰村老师那个时候还不过三十岁,可是你已经年近五十了吧?"

"是四十多岁,四十六岁。"

"四舍五入还是五十岁。你与峰村老师的情况完全不同。"

"你这么说的话我确实无法反驳,但那时候我满脑子都是那个想法。正好大儿子已经成年,我觉得时机差不多了,就跟一直分居的妻子正式提出离婚。"

"尽管你太太很早之前就对你死心了,但你还是下定决心跟她离婚。我猜这是因为你深信不疑,郁奈会跟你走到一起吧?"

"连我自己都觉得有些冒失。转年,确切地说是后年吧,在毕业典礼那天,当我准备一把抓住从体育馆离开的郁奈并向她求婚的时候,身穿制服的她手捧鲜花,气宇轩昂地坐进停在学校门口的一辆看上去相当高级的外国轿车里。她视我如无物,在我眼皮子底下消失了。"

"然后呢?"

"就再也没联系上。从那时起我的酒量一下子变大了。"

"你从很早以前就开始喝酒了。我记得就没在学校里见过不宿醉的你。"

"我想方设法不缺勤,以疲惫的丑陋姿态继续教课。学生们想必也很伤脑筋，特别是最前排的孩子，大多都能闻到酒臭味吧。"

"不不不，还有后排，就连教室最后一排都能闻到那股臭味。我经常吐槽，你这样子竟然没有被开除。"

"以前有位教师因为某个丑闻被解雇，于是他控诉学校处分不当，结果闹上法庭，学校高层好像也受到了惩罚。因此，即便遇到有问题的教职员工，学校也会谨慎处理。我一开始也只是受到批评教育，最终弄得年级主任还有教导主任也不知道该说什么好了。一旦撒手不管，他们只需等我犯下连工会都无法提出抗议的难以补救的错误。差不多就是这么个情况。那就如他们所愿，我这边努力那么一下好了。我打算先绽放出绚丽的烟火，再提交辞职报告。"

"绚丽的烟火，是指和郁奈结婚吗，还是说什么？"

"我自己也搞不清楚，但在我的脑海里曾闪过与她殉情的这种极端想法。毕竟为了郁奈，我已经杀过两个人了。已经离婚的妻子自不必说，就连其他亲友也都和我保持着一定距离。我变成了彻头彻尾的过街老鼠，对人生毫无留恋，开始破罐破摔。可连最重要的郁奈在哪儿我都不知道。我压根儿就联系不上她，连她是继续上学还是去上班了这种事我也不清楚。"

"应该没有继续念书吧。我听过关于她的传闻，说是在县外的高级俱乐部里工作，但不知道是真是假。"

"后来我才知道，郁奈好像跟曾在街上和她搭讪的男人同居了。那家伙应该就是在毕业典礼那天把高级外国轿车停在校门口的那位。好像同居之后，那个男人就吃上软饭了，郁奈对他厌恶至极，于是便逃回老家，然后那个家伙就追上来了。"

"是不是一个叫下舞富雄的男人？"

"嗯，你很清楚嘛。啊，这样吗？我刚才就说过这名字了啊。那个，我连后面的人叫什么都说了吗？"

"行了你就继续说吧。郁奈被下舞追到老家后，肯定很为难吧？是不是走投无路了？然后想到，不行就把他给杀掉？"

"就是这样。正因如此，她才特意跟已经不再联络的我取得联系……"柾海神情呆滞，嘴角开始抽动，"接下来的自白应该会让日读你败兴，但那个时候，我真的高兴极了。毕竟是时隔许久才见到郁奈，她过来找我帮忙这件事更是令我感激涕零。没错，就算让我杀掉下舞富雄，我也不会跟之前犯下命案时一样困惑或者犹豫不决。我没有感到丝毫害怕，倒不如说是希望如此。不管怎么说，那个家伙曾在我眼皮子底下夺走郁奈，是个极度可恶的男人。能亲手除掉此人，那正是我所盼望的。"

"所以这一次，你真觉得郁奈会成为自己的囊中之物吗？"

"虽然满心欢喜，但如今回想起来，和郁奈的事比起来，反倒是杀害下舞富雄更加令我兴奋。虽然重新提及此事令人感到害怕，可就是这种感觉。事已至此，只能一不做二不休了。难不成我开始沉溺在杀人这种行为中了？虽然对此不是很清楚，但不管怎样说，我的精神状态已经不正常了。"

"那个梦呢，这次没做梦吗？"

"大概吧。大概这个说法有点奇怪，不过就是和以往不同。我开着汽车，待在车后的下舞一直在乞求饶命，说把钱都给我，求我别杀他、救救他。"

"然后呢？要是做梦的话，那应该是在你什么都不知道的情况下迅速完成杀人和抛尸，然后稀里糊涂地得到郁奈的奖赏，是这个模式吗？"

"这次的情况也不大一样。在与郁奈再次接触之前，我就在本地新闻上看到下舞富雄失踪的消息了。根据后续报道，下舞与多个熟人计划着一同创业，但他却偷偷将从大家那里收集到的用作开夜总会的钱据为己有，携款逃跑了。"

香菜美点了点头。"所以他才会向你求饶，说把钱都给你，让你留他一命？"

"正如刚才说的那样，当我看到这则新闻的时候，郁奈还没有给我奖赏呢。虽然我做了一个乞求饶命的梦，但在那个梦里，下舞他还活着，所以还不能说已经运完尸体了。也就是说，在我下手之前，目标就带着一大笔钱远走高飞，跑到我触不可及的地方了。一时间我有些扫兴，但出于好奇还是去了边野喜村。虽然我也觉得有些不可能，但正如猜测的那样，当我偷偷看向那间老旧仓房里面的时候，尸体已经增加到三具了。"

"逃跑时携带的现金呢，下舞带着呢吗？"

"带着呢。"柾海坐起身，眼睛里充满血丝，"那家伙的尸体旁边确实有一个手提包。上面附有用英文字母写成的名牌，是什么来着，威露西安达什么的。"

"是WEALTHY GUY UNDER THE DANCE，下舞富雄名字的双关语。"

"啊，原来如此。"柾海苦笑道，似乎没有觉得香菜美知道得如此详细有什么不自然的地方，甚至没有感到诧异。"这点我完全没有注意到。不过，当时的气氛有些诡异，使我产生了好奇心。本想往包里看看，结果包上有锁。想把手提包偷走，但包上细长的链条如手铐般缠在下舞的手腕上，压根儿就带不走。"

香菜美抿嘴笑了笑。"你就没有想过把那上面的链条或者手提包弄坏吗？"

"我哪有那种闲工夫？你没忘吧，我眼前可是躺着三具尸体。

况且最初真治郎的那具尸体距离当时已经七年了吧？过去这么长时间，早已风化成白骨了。峰村老师和下舞富雄紧贴在一起，简直就是一幅地狱图。"

"原来如此。你并非不在意手提包里的东西，只是想尽快离开。所以说，从郁奈那里得到的奖赏呢，顺利得到了吗？"

"那个……"他突然失望地垂下头，"石沉大海，杳无音讯。我完全联系不上她。虽然不知道是怎么回事，但过去两次她都及时支付了报酬，所以大概这次也不会有问题，就算被吊胃口，也只能稍作忍耐……等着等着，就到今年了。"

"平成结束后，那就是令和元年了。平成元年出生的郁奈和我，都快三十岁了。"

"郁奈彻底摆脱掉下舞这个麻烦后，不知不觉就当上了人气播音员的妻子，还成了一个孩子的母亲。这是何等的不要脸啊。"

"听你这么说，难不成她又跟你有接触了？"

"四月份的时候，她说这将是平成时代最后的请求。她可真是厚脸皮。谁能相信从下舞那件事之后，她近十年都没有丝毫音信。这次她照例说让我杀掉她的丈夫两坂静流。不过这次与以往最大的不同是她指定了犯罪时间，是在今年八月的某一天，总之就是在从那天起到二十九日为止的两个星期内进行，而且一定要严格遵守这个时间。当时我并没有特意打听这么做的理由，直到我看新闻，原来郁奈在这段时间里，和上小学的儿子一同在夏威夷旅游。也就是说，她和孩子需要不在场证明。"

"不管怎么说，一旦两坂先生发生什么不测，身为妻子的她就会被怀疑，所以才会如此小心谨慎。估计他们夫妻之间不和睦的事已经众所周知了。"

"如郁奈所愿，在她离开日本的这段时间里，我杀掉了她的丈夫，而她自己却在夏威夷遭遇交通事故就此丧生……这样的命运，肉眼凡胎的她是不可能预见的，当然我也一样。如果我知道郁奈会客死海外的话，就不会对两坂主播动手了。当然，我已经杀害过三人，如今再多杀一个也没什么大不了的。"柾海闭上眼睛，用手挠着头，"郁奈死了，已经不在人世了。这样一来我也不必再去夺走他人的性命了。一想到这里，我就松了一口气。不，应该说我终于解脱了。其实我自己也不是很清楚。事实上确实有种放心的、解放的感觉，但远远凌驾于此之上的失落感又突然袭来……郁奈不在了，郁奈她已经不在了。一想到这里我就难以接受。欺骗了我十多年的任务，已变得没有意义。"

"医院这头跟学校打听过，说露久保柾海自九月以来就无故缺勤，还联系不上。在公园凉亭里偶然遇到我之前，你到底躲在什么地方？"

"这里或那里，反正去了很多地方。具体的已经记不得了，只记得自己一直在喝酒。我试图跳楼自杀，于是在漂泊中寻找高楼。不过，或许是没有好好吃饭的缘故，我逐渐不能控制自己的双腿，意识开始模糊……等回过神来，已经被抬进这家医院了。我没有曝尸荒野，反倒是被日读，不，日渡同学所救……果然神明是存在的吧？"他像是要忍住呜咽一般，打了一个大大的嗝，然后长舒一口气，"如果不能认真坦白自己的罪行并进行忏悔的话，神明就不会允许我擅自结束生命。"

"我说，柾，我想问你一个问题。"香菜美盯着从包里取出来的手机，"郁奈与两坂结婚并有一个孩子的事，你是什么时候知道的？"

"这个，什么时候……是指？"

"你杀害下舞富雄是在二〇一〇年吧。你说过在那之后的九年时间里，你和郁奈完全没有取得联系。这件事你确定吗？"

"嗯。怎么了？"

"也就是说，郁奈在这段时间里结婚生子，你应该是不知道的才对。是这个道理吧？"

"嗯，不。我想我知……知道。对、对，我知道。"

"那你是怎么知道的？"

"因为两坂主播是个名人，总是出现在电视上，所以……"

"那是她的丈夫。郁奈说到底只是个普通人，不可能总以'我是两坂的妻子'的身份出现在电视上。你说是吧？也就是说，除非是关系相当亲密的人，否则一般的观众很难知道两坂主播妻子的名字。那你为何能知道此事呢？"

"应该是听谁说的吧？有些人不是对他人的关系网了如指掌吗？我应该就是这样知道的吧，总之就是郁奈跟两坂主播结婚了。"

"那么你又为何在这九年里都没有跟郁奈取得联系呢？你不是很想见她吗，一直在焦急等待着和音信全无的她恢复联系。然而你却一点消息都没有得到。所以你这头想方设法寻找线索也是很正常的吧？如果你真的得到她和知名男主播结婚的消息，也绝对会采取行动吧？"

"行……不，你说行、行动？"

"你如果知道户主身份的话，一定会想方设法调查到郁奈的联系方式，我说得对吧？如果知道她成为两坂主播的妻子的话，是不是就好办了？但从刚才的字里行间，我感觉不到你在努力调查此事。这到底是怎么一回事呢？也就是说……"

"也就是说……也就是说我在这九年的时间里，之所以没有与郁奈接触，是因为我并没有掌握她早已经跟知名人士结婚的消息，你是想说这个吗？"

"柾啊，你是看到今年八月份在夏威夷发生的交通事故的新闻，才第一次知道她从曾根郁奈变成了两坂郁奈。"

"这么说的话……"柾海因为紧张而瞪着的双眼慢慢松弛下来，"你这么一说，确实……这才注意到，总觉得以前就知道此事，实际上是看到事故报道后才头一次知道郁奈结婚……"他的目光再次变得锐利，然后盯着香菜美问："可是，所以呢？那又能怎样？"

"如果是这样的话，嗯，郁奈在委托你杀害两坂主播的时候，其实并没有告诉你这人是她的丈夫。就是这么个道理。"

"咦，嗯，确实……如果她在委托时说出这件事的话，我肯定也会知道。"

"这样一来，郁奈到底是用怎样的借口拜托你杀害两坂主播的呢？"

"怎样的借口啊？虽说记不大清楚了，但大致就是最近在这个男人的纠缠下烦到不行，帮忙想办法解决一下之类的话吧。不，我并不觉得奇怪。从很早以前开始，就有很多男人纠缠郁奈。"

"你差不多也该知道我想说什么了吧？现在的问题其实是，你的记忆很混乱。"

"记忆，很混乱？"

"混乱过头了。也不知道是重度酒精依赖症的恶劣影响，还是受到超自然梦境的影响，总之事件的前后关系变得乱七八糟。当然在时间顺序上也有着各种矛盾的地方，但你却想从自己身上牵强附会地解释这些荒唐的内容。你知道为什么会出现这种麻烦的局面吗？"香菜美的手一闪而过，阻止了正要说些什么的柾海,"你这是在自我欺骗。"

"自、我欺、骗?"

"总而言之,认定郁奈处于单身状态从而帮助她杀人这一情况,其实并不符合你现在的情况。"

"啊?什——么?为什么?"

"这是你自身的问题。不过或许因为这些事会动摇你的自尊心,而且是致命的打击,所以你才会篡改记忆,认为自己知道两坂主播是郁奈的丈夫,并且决定杀掉他。"

"我为什么要这样做,做这种麻烦的事又有什么用?"

"这种事必须由你亲自思考解决。人在内心深处的什么地方,以怎样的形式摆放自尊心,都是极其私人的问题。假设你将两坂主播错想成跟踪狂而不是郁奈的丈夫,从而杀掉他的话,那么你是不是会把自己贬低成一个傻瓜?可能就是因为某件事,让你感到屈辱,所以你才会篡改记忆、自我欺骗,认为自己从一开始就知谙郁奈已经结婚了。"

"怎么说呢,我好像明白,又好像不明白。"

"从你对我跟阿真之间的关系的认知来看,你就是这样的。你说过,十六年前当阿真失踪后才头一回知道他是我亲哥哥。当然,或许就像你刚才说的那样,即便是老师也不可能对学生的私人问题了如指掌。不过,即便进行降维思考,还是觉得有点不太正常。你被郁奈怂恿杀害阿真的时候,就已经知道我不是他的女朋友,而是他的妹妹了。"

"敢在不知道事情真相的情况下接受杀人的委托——我是这样篡改记忆的?那我这样做,到底图什么啊?"

"或许是有利于保住你的自尊心吧?不好意思,这个解释有些抽象,但具体情况我也说不上来。其实就像我刚才说的那样,一个人的自尊心居于何处，又是什么样子的，这些全都是私人问题，所以只能你自己去思考。但这很有可能就是郁奈的动机。她为什么要委托你去杀死阿真？不论原因是什么，郁奈都是站在我与阿真没有亲属关系的角度上和你进行谈话的。正因如此，你才会配合她。换言之，如果她不假装不知道我们是兄妹关系的话，你就无法与郁奈的杀意产生共鸣。也就是说，这样一来你就无法履行杀人的行为。所以你虽然知道这件事，但在接受郁奈的委托时便强行以不知道的心理状态去下手了。"

"我的脑子有些乱。虽说不太明白吧，总之，除非假装不知道你们是兄妹关系，否则我就什么事都做不了？这到底是怎么回事？为什么要搞得如此麻烦？"

"这就是你个人的心理问题了。这是你自己想出来的。回到刚才的话题，由于你篡改了记忆中过去经历的时间顺序，导致事物之间的因果关系发生颠倒，而且你还没有意识到这一点。正因如此，你才会感觉自己像被郁奈用超常的不可思议的力量操控一样，被困在莫名其妙的错觉与幻境之中。"

"幻……"

"妄想与现实混在了一起。"

"你说是妄想。不、不对，不是那样的，我真的和郁奈……"

"你认为在美人计的诱惑下被怂恿杀人，就是现实？但你接到命令后犹豫不决，还因此做了噩梦，随后才实施杀人行为，接着得到她的奖赏，这些顺序全都颠倒了。"

"颠倒。什么，全部？"

"阿真、峰村老师、下舞富雄，以及两坂主播这四人。在你的大脑里，每起案件都在重复着相同的错误。首先是郁奈怂恿你杀人。在你犹豫不决之际，目标男子被报道出下落不明。然后当你不知所措的时候,从郁奈那里得到了令你高兴不已的赞赏——太好了,干得漂亮,做得非常好。接着认为此事不可能发生的你,战战兢兢地驱车赶往边野喜村的废屋,发现那里有男性的尸体,随着时间的推移,男人们的尸体更是堆积成山。事情的经过大致就是如此。我在这里故意遗漏了一个环节,而且极为重要,你知道是什么吗?"

"重要的环节……是指……"他调整呼吸,"是我执行的过程,对吧?那些被我杀掉的人?"

"其实遗漏内容的不是我,而是你。在你之前的说明中,只有一部分内容说得很模糊,就是你常提及的那个做过的梦……"

柾海看向别处。"尸体……我用自己的车搬运他们的尸体。那种感觉就像在噩梦中徘徊,相当不真实……"

"实际上,这一切全都是梦。"香菜美绕到神情空虚的柾海面前,"你之所以会把这些梦当成自己的真实经历,是因为各种事情与现象的顺序错误所造成的。"

"顺序错误……"

"你说在郁奈委托你杀人之后就做了搬运尸体的梦,这其实是不可能发生的,就是你的错觉。实际上你是最后才梦到的这些。也就是说,是你前往边野喜村的废屋,在那里确认完尸体后,你才做的梦。这一切就是这么简单。"

吊儿郎当的柾海张开嘴,只是在茫然地凝视着香菜美。

"与其说记忆被篡改,不如说是发生了混乱,毕竟是在见过真正的人类遗体后才变成这样的。用自己的车搬运尸体这种本就离奇的情节,被强行变成真实的内容,在你的心里扎下根。在十六年前阿真的案件中,这种混乱就在你身上固定下来。十三年前的峰村老师、九年前的下舞富雄,以及今年的两坂主播,每当这种案件再次出现时，你就会形成思维惯性，无法将想象与现实进行区分。"

"不、不是，等、等一下。因为每次都在边野喜村确认过真实的尸体，所以才会做奇怪的梦？但、但是，如果、如果在失踪的新闻被报道出来之前，我还没有梦到这些——这是事实的话，会怎样呢，到底会怎样呢？从道理上讲，我并没有杀害过那四个人……"

"没错，你说得一点没错。你没有杀过任何人，也没有用车搬运过任何人的尸体。"淘气的香菜美突然将手机放到张开嘴的柽海的鼻子前，"显而易见，至少你没有杀害过两坂主播。你看，真凶已经被逮捕了。"

柽海凝视着香菜美的手机。"NA、什么、NAGAKI……SYOUMA？这是个……"

根据屏幕上面显示的新闻，在通往太期溪谷的山路上发生了汽车坠落事故。驾驶汽车的人叫长歧翔马，四十二岁，自称是某公司董事。虽然他被从悬崖下方救出来，保住了性命，但警方从损毁严重的车上发现了一具其他男性的遗体。

遗体的身份就是那位因联系不上，致使领导报警的三十九岁的两坂静流。由于他的头部有破损，颈部还有勒痕，警方便将此事作为杀人事件进行调查。

尽管还在住院，但长歧翔马仍然接受了调查。他坦白了一切，承认是自己杀害两坂静流，然后用私家车运输尸体的过程中，不慎在没有护栏的山路上翻车了。

"边野喜村……难不成……"

"据长歧交代，是两坂主播的妻子郁奈委托他犯罪的。正当警方想找郁奈问话时，恰巧传来了两坂郁奈与儿子在夏威夷旅游时意外死亡的消息。"

"边野喜村……为什么？为什么这个叫长歧的男人要特意去那个地方？难不成……难不成？"

"据他说，那也是郁奈下达的指示。既然特意下达这样的指示，或许能顺藤摸瓜找到杀害两坂主播的重要证据，于是警方根据长歧的供述，找到了那间废弃的房屋。他们在老旧的仓房里，发现了已经风化成白骨的三具人类尸体。目前还在通过DNA确认身份，但在死亡时间最晚的男性手腕上有根链条，连着一个手提包。"

"那个该不会就是威露西？"

"对，看样子就是下舞富雄。报道到此就结束了。实际上，为了用DNA确认时间最长的遗体是不是十六年前失踪的宇德真治郎，我的父母还被警方请来提供检体。这件事就发生在昨天。结果虽然还没有公布，但剩下的两具遗体肯定就是阿真以及十三年前消失的峰村老师。你今天所说的话完全印证了这一点。"

"怎么回事？这到底是怎么一回事……为何会突然出现一个叫长歧的男人？"

"我并不清楚长歧与郁奈的具体关系，这方面警察会详细调查的。很明显他们之间的关系不一般，长歧无法反抗郁奈的怂恿，别无选择的他只好帮她杀害了两坂主播。"

"被怂恿了……不过并不是我。接到郁奈指令杀害两坂主播的人，是我才对啊。"

"你杀的？"香菜美摇晃着手机，"你杀害了两坂主播，然后搬运他的尸体，扔到和之前一样的仓房里？"

"嗯……是的。"

"那你从郁奈那里得到了什么奖励，没有吧？"

"因为要等她从夏威夷回来才能履行承诺。可这样一来，永远都不能等到她活着回国了，该怎么办……"

"承诺？你还记得咱们聊过什么吗？"

"那个、那个……那个……"

"两坂主播的失踪，以及郁奈与她儿子在夏威夷的意外死亡。在第一次听到这个新闻时，你的脑海里便浮现出和她密谋杀害丈夫的虚假记忆。我刚才就说过，所有的时间全都颠倒了。"

"是……是这样吗？"他伸长脖子，再次看向手机，"好像是这样……的吧。也就是说，实际上一个不是我的人被当作凶手逮捕了。"

"你到底是怎么想的？"

"我杀的不是四个人，而是三个人……"

"我不是说过你的想法是错的了吗？你没有杀过任何人。这十六年来，你连续犯下的四起案件，全都是妄想的产物。"

"不，但、但是啊。实际上，我不是知道边野喜村的废弃房屋是个用来抛尸的场所吗，对吧？这难道不是只有凶手才能知道的重要情报吗？"

"这应该是郁奈在下达指示时告诉你的吧。等一下，你好好听我说。那个，必须事先声明一下，接下来全都是靠我脑补出来的内容。郁奈在十六年前拜托你杀掉阿真的这件事是真实存在的。"

柾海看向香菜美，眼神就像是孩子在寻求母亲的庇护一样。香菜美则点头以示回复。"然而，当时郁奈找到的杀害阿真的凶手不止你一人，其实还有另外一个人。"

"另外一个人……"

"没错。还有另外一个男人被郁奈怂恿。实际上，那个人才是杀害阿真的真凶。"

"谁啊,你说的这个人是谁?"

"峰村老师。"香菜美对瞪大眼睛想要说些什么的柾海继续说道,"我这么说当然是有根据的。不是别的,正是郁奈本人说过的话——'我遭到峰村老师的威胁。'"

啊——柾海发出一声低吟。"难不成……难不成那个威胁,就是'如果不跟我结婚的话,我就揭发真治郎是在你的指示下被杀害的'吗?"

"郁奈确实遭受过威胁,所以她接下来要将峰村老师杀死。"

"等等,你等一下。既然郁奈要杀掉真治郎,为什么除我之外还要拜托峰村老师?为何要特意费这么大的功夫?"

"她当时不过是个十四岁的小丫头,对两个人进行试探的话,只要有一个人不害怕,就能帮她实施犯罪吧。也就是说,她根本就没有经过深思熟虑,只是上了一道保险。"

"实施者是峰村老师?这、这样一来,如果真是这样的话,为何郁奈也向没有执行计划的我支付报酬呢?如果峰村老师果真杀了真治郎的话,绝对会跟郁奈进行汇报,说:'如你所愿,我杀了他。'另一面,我就没有向她汇报。毕竟我什么事都没做。可为什么、为什么郁奈要特意给我奖赏呢?"

"当然是封口费了。你好好想想看,郁奈曾拜托你杀掉阿真。如果阿真下落不明的话,你势必会怀疑此事跟郁奈说漏嘴的话有着因果关系,说不定你还会向警方提供情报。郁奈就是为了防止这种事发生。"

"也就是说,我手不沾血地享受了这种好事?"

"事实上,手上沾血的峰村老师已无法被一两次奖励所满足,便逼迫郁奈与他结婚。走投无路的郁奈只好再次……"

"拜托我，还有其他男人，两人同时杀害峰村老师？"

"那个男人应该就是下舞富雄。跟上次一样，她打算上道保险，试探你能不能犯罪。"

"杀害峰村老师的依旧不是我，而是下舞富雄？然后下舞沦落为软饭男并追着郁奈来到本地，郁奈觉得此人是个累赘……"

"她又拉拢了两坂主播。不过，这单纯是我的想象。我认为郁奈是在谋杀峰村老师的时候才把你当成保险的。为什么我会这么想呢？因为只有你知道峰村老师强迫她结婚这件事的经过，我和同学们，还有其他教职员工当时都不知道。也就是说直到委托你杀害峰村老师为止都不是妄想，而是真实发生的。你确实被怂恿过。"

"你说是到峰村老师为止？那之后的两起案件呢？"

"即便郁奈曾是个思虑不周的小姑娘，也会有长大的一天。从那之后，她再也没有把你当成保险。好不容易与你断绝联系，如果一不小心取得联络的话就会变得很麻烦。因此她开始单线联系委托人，让两坂主播除掉下舞富雄，让长歧翔马除掉成为丈夫的两坂主播。"

"那么……我呢？你说我压根儿就没有被试探过去杀害下舞富雄？但我不是清楚记得关于下舞的事吗？关于他的身份，以及他带着从朋友那里收集来的钱逃跑的事。这又该作何解释？"

"能知道这些也很正常，就连我都知道下舞富雄的过去和罪行。我是在新闻上看到的，还是在边野喜村的废屋里发现遗体时进行的报道。"

"啊……这、这样吗？原来如此，是这么一回事啊。"

"就是这样。你还记得新闻上并没有报道下舞富雄就是在毕业典礼那天开外国车接郁奈并与她同居的那个软饭男吧？当然了，新闻里不可能有这么详细的报道。但也请你好好想一想，这些事并非你说的那样，依旧是你的妄想。当得知下舞富雄的遗体被发现后，你就深信在毕业典礼那天开外国车的男人跟他是同一个人。妄想与现实拼凑成了虚假的记忆。仅此而已。"

"根据长歧的供述，在边野喜村的废弃房屋里发现了全部的遗体。也就是说，下舞富雄一定是郁奈之前的男人这一观点……其实是我幻想出来的？"

"虽然你没有真的动手，但由于连续目睹了阿真与峰村老师他们的遗体，致使带有现实味道的妄想就这样被固定了下来。后来当你看到下舞富雄与两坂主播的新闻后，就坚信这些也是自己干的。为什么会这样呢？因为所有遗体都是在同一间废弃房屋里被发现的，就是这个共同点赋予了你真实感。"

"原来如此……也就是说，就算我被困在自己杀人的妄想中，只要没有亲眼见过那些尸体的话……"

"你就会被立刻拉回现实。一切不过是由各种偶然因素叠加而成的妄想。"

在点头的过程中，柾海心中突然涌上疑虑。那个……在十六年前，自己真的不知道宇德真治郎就是香菜美的亲哥哥。正因为这样，当看到两人在校外举止亲密的时候，才会产生误会吧？

没错。所以……所以，我才会杀掉宇德真治郎，就是出于嫉妒吧。我虽然身为教师，却对当时还在上初二的日渡香菜美心生爱意。

等、等等，等一下。我又开始妄想无聊的事了。不、不，但是……

我在不知道真治郎是香菜美亲哥哥的情况下杀了他，然后陷入恐慌状态……我想方设法将自己犯下的错误正当化，便认定是因为曾根郁奈对他们二人的关系充满猜疑与嫉妒，所以才怂恿我犯下这个罪行。这些到底是不是自我欺骗？

为了使这种正当化更加逼真，我不断犯下罪行，将那些跟曾根郁奈多嘴的男人一个接一个除掉。峰村健也，还有下舞富雄，不、不，等等。

不可能。怎么可能啊！如果真是这样的话，那我也会杀掉两坂主播的。但在现实中，是一个叫长歧的男人被逮捕了。他还承认了自己的罪行，并且准确说出抛尸地点。这些都是真的，毋庸置疑……不。

就算杀害两坂主播的人确实是长歧，那也不能证明我和这一连串的案件就没有关系吧？很有可能，就是我杀害最开始的那三个人，然后将他们的遗体抛弃在边野喜村。果真如此的话，郁奈又为何将那间仓房当作抛尸地点，并指使长歧把她丈夫的尸体扔到那里呢？那间废弃的房屋原本就和郁奈有关，我从她口中得知此事后便一直进行利用。郁奈对此并不知情，只是在无意中跟杀害她丈夫的长歧说出这个地点，如果真是这种偶然的话，那么一切就都说明……那个……

柾海开始混乱起来。他完全没有意识到，现在的他喜欢香菜美，于是试图强行修改过去，让自己认为从以前开始喜欢的人就是香菜美，而不是郁奈，结果导致记忆发生了扭曲。

间女^① 的藏身处

被称作达巴达的太叶田涉皱起眉头,仿佛是在说"看不下去了"。他粗暴地将用燕尾夹固定好的一沓打印纸扔在桌子上。

就像发出信号一般,厕所的门开了。伴随着水流声,被称作托马斯的德增大希得意扬扬地走了出来。他身体前倾发出"啊"的一声,一边系紧皮带一边露出笑容。"读完了吗,怎么样?内容如何?"

"你这部作品简直是一塌糊涂。"

达巴达高高跷起二郎腿,倨傲地将身体向后仰。他的表情看上去就像是在詹姆斯·迪恩^②电影影响下成长为中年大叔的不良少年,凡是遇到被冠上权威之名的东西,不先反抗一下就会感到不自在。他还是小学生的时候,就曾擅自将亲戚家的轻型卡车开出来,无照驾驶,在空地以及海岸上兜风。这种放纵顽皮的小鬼形象,即便到了花甲之年他也没能摆脱。即便他现在身兼厨师长以及店老板,在营业时间也不打算前往厨房,而是像这样坐在客席上,跟朋友们东拉西扯。不过,今晚应该也不会有客人进来了。

---

①间女,即小三儿、二奶的意思。因为后文中涉及读音问题,故在此使用日语原有的用法。
②詹姆斯·迪恩(1931—1955),美国著名电影演员,其叛逆浪漫的形象非常受当时年轻人的追捧。

二〇一九年十二月三十一日大悔日[①]的晚上。再过几小时就要迎来二〇二〇年了，我们三人在达巴达经营的西式居酒屋"TABATAN"里等待着新年的倒计时。

"你特意把即将发表的原稿拿过来，我还以为能看到什么压箱底的作品呢。你应该一开始就跟我说明这玩意儿是色情小说。"

"不是，不不不！"托马斯拿起放在吧台上的白兰地酒杯，走到桌前，坐到达巴达的斜前方。"这绝非什么色情小说，而是推理。是本格推理小说，很正统的那种。"

"既然如此，那就犯不着那么多啰里八唆的官能描写了吧？"

"正因为这是推理小说，所以一切要素都汇聚成用来解开谜团的掩饰以及伏笔。等你看到后面的解答部分时就能领会了。"

"我不懂什么延迟还有温泉[②]，像这种如此廉价、超出一般猥亵程度的小说，简直就是充满噱头的拟态词和拟音语[③]的盛宴。"达巴达站起身，从吧台里面给自己倒好威士忌苏打后，返回餐桌前，"这个小说很无趣，可以说想法相当老套。托马斯，你是不是认为在每段场景中都插入性爱描写就是给读者的福利了？这又不是昭和时代的艺人八卦杂志，你这些都落伍了。现在可是令和时代了啊。娱乐的形式是千变万化的，读者的需求已经被细分到了极致。"

"也就是说——"我从吧台拿起一杯掺水的威士忌，挤进他们中间，"推理，特别是着眼于解谜的本格推理，读者才不会追求什么色情内容呢。"

---

①大悔日是指阳历年的最后一天。
②由于太叶田涉并不知道掩饰还有伏笔这两个词，才将其说成了延迟和温泉。
③日本色情小说中，会出现大量的拟态词和拟音语。

"对，对对，就是这么一回事。就是这样。"

"你们不懂的。"托马斯摘下眼镜，随手拿起一粒我当作礼物带来的药丸形状的巧克力。"我真心不想变老。先不说酒量变差了，还在不知不觉中喜欢上了这种甜食，变得像既喜欢喝酒又喜欢吃甜食的雄三一样。"他把巧克力放进嘴里，咀嚼起来，"虽说推理小说是以解谜为主，但在构建谜题之前，首先还得是小说吧。这样一来，就需要营造气氛吧？那种连登场人物都分不清谁是谁的，枯燥乏味的猜谜短篇，简直是无药可救。"

"我不清楚你是不是想自以为是地陈述正确观点，但你这种说法对读者而言可是行不通的。不管你是出于何等意图决定发表这个短篇的，单从题目来看，多少能察觉出有恶搞的成分，但对于故事的核心，不论是谁都期待着正儿八经的解谜内容。不，应该说只有这样的人才会去书店买书。毕竟这个作品预计刊登在专门的推理杂志上。"

"并非纸媒，而是网络上发布的电子版。"

"这都是一回事。对于那些为了能痛快体验解谜乐趣而花费金钱和时间的读者而言，强迫他们阅读如此廉价，一点儿用都没有的色情内容，未免太对不起他们了吧？"

"所以解谜部分才要更认真地去对待啊，这样读者才能产生阅读快感。你难道不清楚这些能挑起情欲的内容，是为了增强阅读过后的感受而设置的吗？由于涉及剧透，所以我还不能说得太详细。不过你应该能推测出这个故事的重点跟男女之间的爱恨纠葛有关吧？这毕竟是人类的所作所为，如果完全不刻画这至关重要的性爱，或者敷衍了事的话，那反而显得不自然。"

"看来你完全无法理解'读者的需求已经被细分到了极致'这句话。如果你能认识到这一点，应该就会后悔了。我以前带着年幼的儿子看了塔伦蒂诺①的某部电影,结果直到今日我都身处被他埋怨的困境中,因此我不会再重蹈覆辙。"

"为何突然提到这种事?"从小学时代就跟我还有托马斯相识的达巴达很少跟我们透露私人信息,没想到这次竟罕见地主动提起有关他家的逸闻,一听到这些内容我们便不由自主地探出身子。"不是在聊本格推理吗?为什么提起这事?"

"推理小说和电影都是一样的。那应该是托马斯以作家身份出道的那一年,也就是一九九五年或者一九九六年的时候。当时我儿子在上小学五年级,我带他一同去看电影,是昆汀·塔伦蒂诺的新作。名字叫什么来着?记得是一伙盗贼一边抢银行一边逃跑的故事,应该是部充满枪战的动作片吧。这帮人闯进一家看上去像是鬼屋的店里,然后故事就开始变得异常起来。"

"你说的该不会是《杀出个黎明》吧?"我也将一粒巧克力塞进嘴里,由于掺水威士忌喝完了,我拿起个新的玻璃杯,换成和托马斯一样的白兰地。"昆汀本人与乔治·克鲁尼②饰演的是强盗杀人的兄弟俩。"

"对,没错。本以为是一部普通且轻快的犯罪动作片,谁曾想中途莫名其妙地变成了妖魔鬼怪横行的恐怖电影。"

"那是恐怖电影吗?感觉挺微妙的。我看的时候总觉得是搞笑电影。"

"对于不喜欢恶心生物的我来说,那就是一部恐怖片。最糟糕的是,儿子比我还要讨厌恐怖片。托这部电影的福,我彻底得罪了他。我拼命道歉,跟他说对不起,说爸爸也不知道这部电影

---

①昆汀·塔伦蒂诺,美国著名导演,编剧,代表作有《杀死比尔》《八恶人》《被解救的姜戈》等。
②乔治·克鲁尼,美国著名演员,导演,编剧。代表作有《杀出个黎明》《急诊室的故事》《蝙蝠侠与罗宾》《逃离德黑兰》等。

的内容，可他并没有原谅我。从那天起，别说去看电影了，他连饭都不和我一起吃了。"

"原来如此，太可怜了。"当时达巴达已和夫人离婚，他从情感上更难接受这种事吧？"他对你也是恨之入骨了吧。"要是一直吃自己带来的巧克力的话，会被托马斯嘲笑糖酒两不误，于是我改吃达巴达倒进大碟子里的柿种。"我还挺喜欢那部电影的，可以说那是我至今为止所看过的最能凸显塔伦蒂诺风格的电影。他本人看着像个异类，实际上作为电影导演的他却意外地保守。《落水狗》这部作品乍一看像是玩脱了，可在电影语法中，那可是正统的优等之作，相当规矩。"

"雄三，慎重起见，我再强调一下。"晃着大肚子的托马斯将巧克力与柿种一同塞进嘴里，嘎吱嘎吱地咀嚼起来。"塔伦蒂诺并不是《杀出个黎明》的导演，而是编剧。"

"什么？"我大吃一惊。顺带一提，由于我在十几岁到二十几岁期间，一直公开宣称这个世界上最性感的女演员是香山美子[①]，正因如此，这便成了我的绰号。"雄三[②]"前的姓氏并不是"香山"而是"加山"，即便我试图纠正这个错误也无济于事。"真的吗？我明明记得那是塔伦诺蒂的作品……"

"导演是罗伯特·泽米吉斯[③]。"

[①] 香山美子（1944–），日本知名演员，代表作有《钱形平次》《水户黄门》《江户川乱步的阴兽》等。
[②] 雄三是一个玩具梗。由于香山美子和男演员加山雄三大火，日本在二十世纪六十年代推出了一款叫作香山丽卡的娃娃，而这个娃娃的名字就是由这两个演员的姓氏组合而来。日语中，香山和加山的发音都是KAYAMA，这也解释了为什么雄三的姓氏前面不是香山而是加山。
[③] 罗伯特·泽米吉斯（1952–），美国著名导演，监制，编剧，代表作有《回到未来》《阿甘正传》等作品。

"不是那个罗伯特,而是罗伯特·罗德里格兹①。"达巴达摆起架子,冲托马斯冷冷说道,"今年上映的《阿丽塔:战斗天使》就是他拍的。"

"是木城幸人②的《铳梦》吗?那不是詹姆斯·卡梅隆拍的吗?"

"卡梅隆负责的是制作还有编剧。"

"这样吗?不过,达巴达虽然声称不敢看恐怖片,却是最了解电影的人。"

托马斯轻描淡写的口吻中流露出些许羡慕之情,只有深交多年的友人才能注意到这份感情。即使到了这般年纪,达巴达对托马斯而言依旧如同偶像一般。实际上,这对我来说也一样。

就在我们初中毕业的前夕,达巴达宣布自己不会念高中了。我和托马斯对此大吃一惊,本以为他必定会跟我们一同升入本地的县立椴木高中,还觉得他是在开玩笑,没想到他真那样做了。他的母亲是个单身妈妈,达巴达初中毕业后一边在母亲经营的咖啡店里帮忙,一边自学,准备大学入学资格鉴定的考试,最终他顺利考上了东京某知名美术大学。可他只念了两年便中途退学了。

这段经历如实表现出达巴达不被现有价值观束缚、自由奔放的生活方式。估计亲生父亲对他的影响也很大吧。他的父亲漂泊于世界各处,跳槽过几十次,不论是姘头还是小三,他与很多女性保持着关系。有着这样经历的达巴达,对于父母只是乡下教员或者地方公务员,在这种平凡家庭长大的托马斯还有我来说,他永远似那种坏大哥一般令人憧憬。

---

①罗伯特·罗德里格兹(1968–),美国知名导演,编剧,代表作有《杀出个黎明》《阿丽塔:战斗天使》等作品。
②木城幸人(1967–),日本著名漫画家,代表作是《铳梦》,这部作品就是电影《阿卡丽:战斗天使》的原作。

"如果知道是那种内容的话,我绝对不会去看。在我儿子的影响下,即便孙子偶尔过来看我,也不会同我一起去看电影,还说什么不想跟爷爷看到奇怪的东西。总而言之就是,特意来到电影院,期待着能看一场酣畅淋漓的动作片,结果却是吸血鬼这种恶心吧啦的怪物一个接一个登场,这玩意儿谁看了不生气?压根儿就没必要出现嘛。这便是我经历的事情,虽然我不太清楚你创作的谜团有多么精巧绝伦,但这满页的官能描写完全毁了这个故事。"

热情谈论此事的达巴达显得相当认真。尽管身为托马斯多年的好友,可达巴达之所以如此热衷他人的草稿,其实是因为他原本是想成为职业作家的。我们直到三十多岁的时候还在一起创作同人志,直至今日他都没有放弃创作的念头。正因为如此,他才会对朋友中唯一成为作家的托马斯感到骄傲,苦口婆心且义愤填膺地对他说:"喂,你这个职业作家为何要胡乱写出连厕所涂鸦都不如的烂作啊。"

"有那么色情吗?"我又往嘴里塞了一粒柿种,然后用热毛巾擦了擦手,"喂喂,让我也看看吧。"

"虽然有色情场面,但没有出现雄三你喜欢的熟女。不知道你会不会白期待一场。"

"没关系,没关系。或许是快到六十岁的缘故,我的兴趣爱好也有所改变。我现在能深切体会到,女孩子的保质期果然还是十几岁,最多也就二十几岁吧。"

"喂!你在说什么——"

"你可真是个浑蛋,玛丽太可怜了。"

"真是的。真当自己是流鼻涕的小鬼啊,还想玩弄少女心……"

"你这个女性的敌人。"达巴达和托马斯圆睁双目,冲我喷来无数骂声。

他们口中的"玛丽"是一个叫横山玛丽的女孩子，她是我们在市立初中时代的同班同学。虽然这种陈年旧事说出来有些不好意思，但这个和偶像冈田奈奈[①]一样可爱的女孩，竟然和我公开在一起过，而且还是她主动告白的。这样奇迹般的事情现在不仅不会有人相信，而且这个话题也在本地被那些善言察言观色的人默契地当作某种禁忌给封印了起来。这都是因为玛丽初中毕业后，全家来到东京，之后便在演艺圈出道的缘故。

据说她是被拍摄外景的栏目组看中的，话虽如此，成为偶像歌手的她干了很短时间就放弃了，在那之后她更换艺名，改行成为演员，现在偶尔还能在电视剧或者电影中看到她微笑的样子。虽说玛丽跟我只在初中在一起过，实际上这段经历对我而言已是过去的荣耀，但在友人达巴达与托马斯眼中则是永远的勋章以及吹嘘的资本。

"仔细一想，这完全是我人生中最好的桃花运。先不说这个，玛丽最近真是成熟极了，而且越来越有味道了。如果可以的话，我真想在初中时和现在的她交往。"

"你说了句会遭报应的话。也就是说，现在兴趣嗜好完全改变的你，如果可以的话，想跟初中时期的玛丽进行援交？"

"恕我直言。我现在真的只对比自己小的女生感兴趣。"

"原来如此。也就是说你终于决心跟香代小姐正式结为夫妻，白头偕老了？"

立道香代是养老院的护工，是我最亲密的女性朋友，用达巴达和托马斯的话来讲，我们看上去属于实质上的伴侣。我们几个

[①]冈田奈奈（1959-），偶像歌手出身的日本女演员，曾出演过《前程锦绣》《世界奇妙物语》《七人刑警》等作品。

都正逐渐成为高龄者,虽然他们两个都要求我跟她快点结婚,但我这边依旧没有下定决心。

我经历过两次离婚和失业,以及三次手术,每当身处人生危机时刻,香代一定会陪在我的身边给予我巨大帮助。这二十多年的交往,或许是一段不离不弃的难解之缘,但我和她从未同居过。达巴达和托马斯发自肺腑地说过,香代至今都没结过婚,身边也没有其他男人,其根本原因还是我太任性。他们说得确实没错,但从我的角度看,我们之间的关系其实很难去下定义。当其他人在场的时候,我并没有将香代说成是自己还没有结婚登记的妻子,只是介绍成单纯的朋友。

"你在说些什么啊。香代已经四十多了。她的确是个漂亮的熟女,但我现在更倾向于洛丽塔。"

"真是个让人头疼的家伙。转念一想,你在我们之中确实装出了最进步、最自由的样子,可实际上却是一个最迂腐、最无药可救的封建主义者。不晓得等你老得走不动的时候,会不会被你的糟糠之妻所厌恶,然后抛弃。"

"会有那么一天的,所以他才要赶紧忘掉香代的事,用交友软件寻找那些寻求叔叔帮助或者辣妹之类的女孩。正因如此,托马斯的这个短篇小说中没有出现熟女他都没有在意。他心心念念的还是年轻姑娘。"

"里面是有和十多岁的少女有关的色情描写,嗯、怎么说好呢,我不太清楚雄三所说的对洛丽塔感兴趣究竟是什么意思,我也解释不清楚。无所谓了,总之你先看看吧。"

原稿的扉页写的是《间女的藏身处》。不是跟奸夫有关的

MAONNA①吗？这个词应该和"魔女"有关，所以才读成了"MAJYO"？对了，是在恶搞，就是这么一回事。原来是迪克森·卡尔啊，本想中途放弃，可一看到托马斯期待我评价的神情，我只好假装没看到，继续读下去。

原稿从一上来就出现了所谓色情描写，而且就像达巴达严厉批评的那样，这篇小说充满了昭和气息，夹杂着极为老套的男女交媾的词组，即便是文中的引用部分都显得相当无聊。怎么说呢，我甚至开始怀疑自己的精神是否还正常。

"原、原来是这样一篇作品。"我相当烦恼，考虑着是不是要继续看下去，"突然感到有些吃力。该不会是吃多了吧？"

"我是故意写得这么无聊的。"

我无视了似乎是在给自己找借口的托马斯，继续看了下去。色情部分采用第三人称视角描写，女人的名字似乎叫"彩芽"。男方不仅这样称呼她，就连在叙述中也写的是"彩芽"，由此可以判断出这就是她的名字。

至于这个男人，虽然被彩芽称之为"阿清"，但在叙述中只将其写作"他"或者"那个男人"。由于无法判断出阿清这个爱称是否来自此人的名字，所以目前还无法弄清男人的身份。天啊，这也太不自然了。对我而言，和色情描写比起来，这种叙述方式更令我感到厌烦。

"嗯——到目前为止，好像还不是性别误导的诡计。先不管文中的出轨对象是谁了，至少可以肯定这人是个男人，而且通过描写彩芽的内容中也能明确看出来，她是个女人。"

"那是自然的。我才不会写那种小家子气的内容。"托马斯一

---

① 间女的日语发音，按理说应该是读成 MOANNA，但为了达到双关语的效果，在原版的注音上采用的是 MAJYO，即魔女的读音。

笑了之，可仔细一看才发现，他的眼中并没有笑意，"表面上看不过是男女之间的情感纠葛，实际上是女同志或者男同志之间的故事——现在早就不用这样的手法了。"

撒谎。托马斯在今年出版的新书中，就曾收录过一篇使用性别误导的诡计，小说看上去描写的是两男一女的三角关系，实际上却是两女一男的爱恨情仇。

最近一同喝酒的时候，大家并不会聊各自的工作，或许是我不想错过阅读的机会，才让托马斯有了可乘之机吧。本身我的志愿也是成为一名作家，我也会自掏腰包购买刊登友人新作的同人志，然后逐一阅读。

没错，不仅达巴达羡慕实现了职业作家梦想的托马斯，我也很羡慕。

我们三人情比金坚的关系从小学开始，已经持续了半个多世纪，直至今日也没有丝毫变化。我和托马斯憧憬着达巴达那自由自在的生活方式，达巴达和我羡慕托马斯拥有能靠写作谋生的社会地位，他们两人嫉妒我曾经与玛丽恋爱的辉煌过去，以及杏代如今的付出。三人都对彼此的生活抱有幻想，或者说三人相互牵制、较量，正好处于平衡的状态，或许这就是我们能长年交际下来的主要原因。

托马斯出道已有四分之一个世纪，身为通俗作家的他早就积累了不少经验。推理小说的诡计虽然有限，但种类繁多，即便说"这种手法现在都不用了"，也不值得相信。就算不是性别误导，他也一定是出于某种考虑才描写如此不自然的内容的。

我也告诫过自己，一开始就将各种细节列举出来是白费工夫，但我其实有其他在意的内容。就是这个叫"彩芽"的登场人物的名字。起初只觉得有些牵强，但当色情描写告一段落，出现转换场景的星号时，就变得令人不知所措了。一直以来暧昧模糊的背景和气氛突然发生改变，时间也有了具体的设定——一九九七年十月。

在月初第一个星期二傍晚的五点前后，一位年轻女子倒在樱木市东边的河道里，居住在附近的遛狗住户发现此人后随即报警。那个年代还没有便携电话和智能手机，于是第一发现者便跑到距离河道最近的一户陌生民宅里报警，警察和救护车赶来的内容则是用第三人称视角进行描写的。

上述年轻女子已经死亡，身上并没有携带可以证明身份的东西。穿的不过是普普通通的毛线上衣以及牛仔裤，第一发现者对系在她身上绣有牛的图案、看上去有些滑稽的工装围裙感到眼熟。

据报案人讲，这个女孩貌似在同年春天被当地一家叫"BAKERY SEKI"的人气面包店雇佣为负责接待客人的店员。警方询问了这家店铺的店主，得知死者是当时年仅十七岁的黄濑彩芽。

"黄濑、彩芽。啊？喂，等一下。"本地确实有这么一家店，而且我从记忆深处也回想起了这个女孩的名字。"这个人，该不会是咱们上高中时的同学吧……"

"是的，"达巴达和托马斯同时点头，"就是那个彩芽。"

就在升入二年级前，她因为品行不端遭到服装科的退学处分。由于我们毕业的初中不同，高中上的还是普通课程，所以和她在校内外都没有交集。至于她死于非命的消息，恐怕当地没有人不知道吧，就连没有在樱木高中上过学的达巴达也不例外。

"你把那件事写出来了，那这个故事是纪实文学？"

"这个嘛，是纪实文学风格，但说到底还是小说。这样设计是想将过去未解决的谜团,用虚构的方式进行解决。当然,以官能内容为例,有相当一部分内容不得不靠想象进行补充,因此无法保证真伪。"

"即便如此,那个,你们等一下,用真实姓名也不太好吧?即便这是四十多年前的事,而且故事也确实发生在榇木——"

"没关系。这样写单纯是为了使你们在顺畅阅读谜题的同时刺激你们的记忆而想出来的权宜之计,在印刷之前肯定会全部更换掉。至于是否会将这篇作品交给责编,我到现在还没有想好。这些全都取决于达巴达和雄三看完后的反应。"

我不由自主地看了达巴达一眼,只见他默不作声地耸了耸肩,摇晃着脑袋。他似乎是在说,在我读到解答篇之前,他什么都不会说。看到他那极不愉快的表情,搞不好那无聊腻烦的色情描写并没有止步于序章。

"我们看完的反应?"

"我想等你们说出想法,也就是看看你们会说出怎样的意见和推测。"

"原来如此。要是被我们轻松猜中正确答案的话,这篇稿子就没戏了吧。"

"不是的。应该说正相反,如果雄三和达巴达得出和解答相同的结论,那就证明咱们的思考方向都是普遍正确的。我说得对吧?"

听上去像是在夸奖我们的推理能力以及洞察力,这究竟是怎么一回事?"如果结论不一致,那你好不容易完成的作品不就泡汤了吗?这样一来,我们的责任就有些重了。"

"那就要看偏离到什么地步了。如果咱们的想象力达不到同一水平,各自推理出来的内容全都飞到九霄云外的话,我也会很开心，就当作参考了。好了好了，先不说这些了。快看吧。"

在他的催促下，我决定先读完《间女的藏身处》。黄濑彩芽的死因是窒息，通过头部的裂伤以及颈部的勒痕可以看出，她应该是先遭受钝器殴打，在失去反抗能力后，被绳状物勒死的。根据推断，遗体被发现时，已死亡六至十小时。

警方将此事定性为杀人事件，开始调查，调查重点是被害者当天上午的动向。据多个目击者描述，他们曾于上午十点左右，在公园前的公交站见到黄濑彩芽坐进一辆深黄色轿车的副驾驶席。

其中一位目击者是被害者的同学，椴木高中二年级的名雪雄三……咦，这不就是我吗？"虽然这个角色的出现在我预料之中吧，可为什么要用我的绰号呢，而且只有名字？"

"这个嘛，让身边的密友以真名出场的话，怎么说都有些过意不去。"

说得也是。虽说是杜撰出来的内容，但如果擅自使用我的本名名雪绚也进行人物刻画的话，确实会让人感到不舒服。

根据名雪雄三的说法，虽然那天他曾去过学校，但由于身体欠佳，在点名前就回家了。中途，他在公交车站目击到一位年轻姑娘坐进轿车时的背影。从体形和发型来看，名雪认为此人就是在第一学年就从高中退学的黄濑彩芽同学。两人就读班级不同，也没有直接往来，不过名雪总能听到关于她援交的传闻，黄濑不仅仅在学校，在整个当地都是相当有名的女学生。当时他就怀疑她是去跟男人幽会。不过因为角度问题，他并没有看清对方的脸，也不确定她有没有穿着绣有牛图案的工装围裙，因此不能断定那就是她。

阅读着以自己为原型的名雪雄三的详细供述，我的脑海里清晰地浮现出了四十多年前接受警察调查时的场景，其中就包含负责此案的那位留着三七分发型并散发着发蜡臭味的中年刑警之类的细节。正是因为我当年跟托马斯说了这些细节，他才能如此清楚，所以这些内容并不值得大惊小怪。即便如此，如今看到改写的内容还是让人产生了一种身临其境般的奇妙感受，真不愧是职业作家的笔力。

位于马路一侧的人行横道上，一些路人也曾目击那个穿着绣有牛图案工装围裙的姑娘。当时她正坐在公交车站的长椅上，身边有一位正在等公交车的中年妇女。

那女人名叫驹村多纪，虽然是位全职主妇，但实际上她直到去年还在椴木高中的采购部工作，因此才会觉得坐在自己身边的女学生眼熟，肯定就是椴木高中的学生。她还一直纳闷，在工作日的这个时间段里，竟然穿成这样不去学校，这女生到底想要干什么啊？

旁边的女孩不时发出刺耳的咳嗽声。驹村多纪仔细一看，只见她眼眶湿润泛红，应该是发烧了。或许是因为感冒跟学校请假了，既然如此，就更不应该在这种地方转悠了，赶紧回家静养才是。

毕竟是毫不相干的陌生人……驹村犹豫着该不该用成年人的威严对她进行教导，年轻的女学生突然站起身。她随即举起手，本以为她要拦下一辆出租车，没想到停下来的却是一辆深黄色的轿车。在她亲自打开车门坐进副驾驶席之际，驹村多纪清楚地见到了司机的脸，目击到……什么？

"这一段是真实发生的事吗，不是虚构的内容？"我还是第一次见到这段内容，这个情报源肯定不是我。"这位目击者的证词是真的吗？难不成是托马斯你调查出来的？"

"没错,简直太不容易了。我用尽了各种方法才查到。"

"真是这样吗?毕竟你平常都不会进行采访,怎么省钱怎么来。"

"陈诗烦丝(真是烦死)了。"托马斯的舌头就跟打结了一样,也不知道他到底是真喝高了,还是想这样敷衍过去。"别关芥(管这)种事了,快看吧。"

"话说采购部的阿姨又是怎样一个人?"就连驹村多纪这个名字我也是头一次听说,不论怎样回忆,都无法在脑海里回想出此人的样貌。不过既然这人只工作到我们上高一那年,想不起来也实属正常。"我这才注意到,这个被多纪阿姨目击到的轿车司机,就是在序章开始就一个劲儿做爱的那个引人注意的男人阿清吧?"

"喂喂,你不要提前看后面。好好按顺序看。还请你认真阅读。"

驹村多纪说那人的年纪看上去就像女孩的哥哥,是个戴着眼镜的圆脸男人。通过她的证词我立刻就知道了那辆深黄色轿车主人的身份——羽方清胜,当时三十一岁。

我克制着自己不要像孩子一样吐槽,随即严肃地说:"这不是小清吗?"清胜是一家名叫"鞋HAKATA"鞋店的继承人,但这个男人整日游手好闲,并没有在认真工作。

"'HAKATA'啊。我曾经在他家买过皮鞋,还有运动鞋。"

"我也是。大家都一样啊,估计本地人应该都买过吧。"达巴达站起身,再度走进厨房,"那时国道边上的大卖场还没有建好,周围并没有其他的鞋店。"

"不过我并不知道那家店还有儿子能继承家业。"到了这个岁数我还是头一次听到此事,"我印象中,一直是个和蔼可亲总是笑嘻嘻的姐姐负责看店铺。"

"她多半就是清胜的妻子吧，好像一直是她一个人在打理。差不多是在二十年前，我碰巧经过那里，明明前几天还开张的店，等我第二次去的时候，只见门上贴着一张脏兮兮的告示，就那样悄然无声地关门了。我当时还感慨真是世事无常。"

"那是二〇〇〇年前后，也就是说，在那之前'HAKATA'一直在营业？"这样一来，很有可能清胜最终也没有遭到逮捕，这起事件对后来店铺的经营并没有造成影响。也就是说，清胜很有可能就是一个用来充当嫌疑人的替身，所以我才能在不知不觉中预测到后面的内容。对我而言，这样的阅读确实很轻松。

羽方清胜是"BAKERY SEKI"的常客，好像是为了接近黄濑彩芽才频繁光顾这家店的。彩芽生前就经常被人指责私生活混乱，因此人们怀疑她与清胜之间发展出了相当亲密的关系。

司法解剖的结果显示，彩芽生前有过交媾的痕迹。而且她还在前一年秘密生下过一名女婴，成为未婚妈妈。至于男方的身份，一直被街头巷尾的人们津津乐道。清胜逐渐与此案有了牵连，并受到了严厉的调查。

根据驹村多纪的证词，清胜将轿车停在公交车站的时候，见到副驾驶车门被打开，他看上去相当惊慌，嘴里还说着"你要什么吗""你这是什么意思"之类的话。看样子他和彩芽确实有非常严重的男女纠纷。保不准清胜就是那个女婴的父亲，于是彩芽逼迫他承担赔偿金以及抚养费，结果导致作为有妇之夫的清胜进退两难，想通过杀人灭口的方式处理婚外情吗？

虽然清胜的嫌疑最重，但他始终否认与案件有关。尽管他的不在场证明并不牢靠，但他一直主张"至少当天没有见过黄濑彩芽，也没让她上过车"。

在驹村多纪等一众目击者的证词前，他的抗辩显得很无力，就在人们以为他全盘认罪只是时间问题的时候，形势一下子出现逆转。根据鉴定结果，彩芽生前体内残留的体液与清胜的并不一致。

"用的词不是DNA而是体液啊，真是有年头的词了。对了，以前占卜杂志上不是说B型血的人适合的职业是小说家吗？当时咱们看完后还挺兴奋的。"巧合的是，达巴达、托马斯和我，三人全都是B型血。"当年还是个孩子，即便是这么无聊的吹捧内容，看完后也会高兴。啊，对了对了，刚才我就想到，托马斯啊，说到年代这个事，如果是七十年代的话，黄濑彩芽失踪时所穿的衣服，就不应该用牛仔裤这个说法，而是齐腰工装裤。"

"应该是这样用吧。这方面我会交给校对老师好好检查的。当然了，前提是能交稿的话。"

清胜的血型是A型，从彩芽体内检查出来的体液是O型，至少她被杀害之前幽会的对象不可能是羽方清胜。

到这里，《间女的藏身处》再次出现转换场景的星号，男女在密室中交合的场面再度开始。又是一堆无聊腻烦的色情描写。啊呀啊呀——我敷衍地扫过这些令人心烦的拟声词，忽然注意到一件事。

面对这个满嘴下流话的男人，女子从未娇喘着称呼他为"阿清"。尽管和上一次交合的场景不同，文中代指男性的名词并不是"他"，而是写作"清胜"。另一边本应该被他按倒在地的彩芽，在这次的叙述中并没有用名字来表示，仅仅被称为"她"。这难不成是……

我暂时停止阅读，陷入沉思。这种叙述方式所暗示的内容，至少现阶段有一种可能性，那就是跟羽方清胜有不正当男女关系的女人并非只有黄濑彩芽一个，还有另外一个。

那么，这个人会是谁呢？如今探讨此人还有没有意义呢？我也是读过这篇文章后才知道，原来跟彩芽发生关系的那个男人，是"HAKATA"的继承人啊。想要知道接下来登场的是怎样的角色，只有继续读下去。不过，托马斯在这里明显是想提醒读者，还有"另一个女人"存在。肯定是这样的。

不论是根据彩芽遗体中残留的体液，还是她所生女婴的血型，都能推测出孩子的父亲是O型血。清胜的血型却是A型。

根据这个事实，不论怎样进行推理验证，其重点都难免会倾向于有"另一个男人"的存在。因为最初的性爱场景中出现的那个男人被称为"阿清"，但又一次都没有提及"清胜"，很明显这种叙述方法起到了效果。到这里估计会有不少读者猜测，除了羽方清胜外，应该还存在一个O型血的"阿清"吧。

不过，这也有可能是一种误导。通过场景切换让第二幕的性爱场景与序章衔接，也就是说让人误以为那个娇喘的女人其实就是第二幕出现的彩芽。即便如此，如果"阿清"和"清胜"最终是同一个人，被替换的只是那个女人，这样的解释未免过于简单了吧。不对，如果是这样，托马斯给出的提示就太直接了。

与清胜接触的女子，肯定不限于彩芽一人。一旦意识到这一点，整个事情的构造就会突然呈现出不同的样貌。没错。不要被性爱场景所迷惑，谁和谁做爱并没有什么关系。最重要的是，在公交车站乘坐清胜轿车的那个女生，到底是不是彩芽……

至于偶然路过现场的那位同学名雪雄三，也就是我，也只不过是跟警察做证说"目击到一位年轻姑娘坐进轿车时的背影"。但我并没有信心确定那人就是彩芽，这也是没办法的事，因为当时并没有看清她的脸。这种事不仅仅发生在我身上，即使是在马路另一侧,站在人行道上的路人恐怕也没能看清楚她的脸吧。

　　实际上,我在此案发生前就曾碰巧两次在同一个公交车站目击到彩芽上车的场景。我已不记得这是在她退学前还是退学后发生的事了,但她穿着校服,而且我还清楚看到了彩芽的脸。然而我却不记得司机的脸,也不记得车的种类。有一次应该是轿车,另一次应该是轻型汽车。我当时也没有多想,可后来仔细一想,彩芽的援交对象应该并不限于清胜,她与援交对象碰头的地点都是同一个公交车站。至少在询问过程中听取了其他证词的警方会这样想吧,所以他们才没有理会我最后说的那句"没有断定是她本人的信心"。

　　同样坐在公交车站长椅上,而且就坐在彩芽旁边的驹村多纪是目击者中唯一一个近距离看到女生脸的人,而她只能确定"因为女学生眼熟,所以肯定就是樵木高中的学生",并没有说女生就是黄濑彩芽。因为曾在学校采购部工作过的关系,她和当时很多在籍学生都是熟人,只不过没有一一记住他们的名字。

　　换言之,之所以断定上清胜轿车的年轻女生是黄濑彩芽,只是因为女生那时穿着的绣有图案的工装围裙,这成了她的标签。也就是说,只要是穿着相同衣服、年龄相仿的人,即便是其他人,也可能被看作黄濑彩芽。

　　原来如此,是这样啊。面对警察的调查,作者安排清胜说出"至少当天他没有见过黄濑彩芽,也没让她上过车"这种微妙的证词也是有道理的。这种事是推理小说中常见的"虽然不是伪证,但并没有完全传达真意"的经典骗术,所以清胜绝没有在撒谎。如果正确翻译出他的主张的话,就是:"我不否认自己跟黄濑彩芽有很深的关系,但至少在事发当天和她没有接触。只不过在那天,我碰巧遇到一个和彩芽年龄相仿的姑娘,她强行上了自己的车。"

当然,清胜并不会在实际的警方取证过程中一字一句地使用这种表达方式。为了让读者更容易理解并分析出伪装的结构,才进行了这样的安排与夸大,或许托马斯认为这样的设计比较妥当吧。

问题在于那个年轻的姑娘,为什么必须做出这样的伪装呢?这样做的理由还有必然性是什么呢……只听"咣当"一声,不知道达巴达将什么东西放在了桌子上。

抬头一看,大碟子里装着巧克力蛋糕、蒙布朗蛋糕等好几种蛋糕。"这些可能适合白兰地,你要是想喝红茶或者咖啡的话告诉我。"

"这些是什么?难不成都是达巴达做的?"

"这些是托马斯送来的,我最近什么都没有做。"达巴达将苏打威士忌换成了白兰地,"听说他特别喜欢郊外购物中心新开的一家蛋糕店。"

"我也很困惑啊。"托马斯伸手拿起一块草莓蛋糕塞进嘴里,"我这种贪杯之人活了近六十年,真没想到有一天会兴高采烈地特意买这种甜食,而且还是一周两次,实在叫人叹息。不仅要担心钱,还要担心血糖。真是的。"

我选了一块芝士蛋糕,用叉子将其切开。第二幕的官能描写结束后,星号再次出现,场景切换,小说回到了主题。

警察重新调查了彩芽生前的交友关系。最先浮出水面的是她工作的那家"BAKERY SEKI"老板关一义的长子——辽太郎。这人比我们大两岁,前一年从椴木高中毕业,此时正在复读,集中精力准备高考。他没有住在商住两用的家里,而是选择独自生活,住在外公外婆去世后已空无一人的母亲娘家……啊?

等等，面包店的SEKI先生的姓应该写作"势喜"而不是"关"吧。其实即便是本地居民，也有不少人认为SEKI应写作关卡的"关"，带着托马斯是不是搞错了的疑问，我继续阅读，心想果真如此吗，有没有可能是出于某种误导的意图，故意用错汉字？

之所以会有这样的怀疑，不是因为别的，正是因为我也是以绰号形式登场的。托马斯说"让身边的朋友以真名出场的话，不论怎么说都有些过意不去"，这种说法乍一听好像很正经，但不就是在为将后面的"势喜辽太郎"换成"关辽太郎"而埋下的伏笔吗？如果只是辽太郎的姓氏和实际不一致的话，那么这部分很有可能会引起读者不必要的关注。所以他才使用了这种小伎俩，即使用错了汉字，读者也不会觉得不自然。

然而，我并不清楚他具体想要做出怎样的误导。比方说我和辽太郎相差两年，并不是邻居也没有什么特别深的交情。那么为什么我会知道他姓氏写作"势喜"而不是"关"呢？那是因为在初三寒假的某一天，我突然被辽太郎叫住了。

不仅是我，当地的孩子们也都熟悉"BAKERY SEKI"这家店，不过我和店主的儿子并不相识。在案发之前，我们甚至连私下交流的机会都没有。他突然开口跟我搭话，究竟是怎么一回事呢？就在我纳闷的时候，他开口道："跟玛丽分手吧。"没错，对玛丽一见钟情的辽太郎，非常嫉妒和玛丽公开承认情侣关系的我。他用散发着青春期叛逆的口吻说："和你相比，玛丽更适合跟我在一起。"

对此，我从容地回答道："要是你如此喜欢玛丽的话，就不要磨磨唧唧，堂堂正正地跟她表白不就好了？"其实在这个时候，我已知道玛丽一家要搬离榇木，因此我还对辽太郎这个家伙产生了不可思议的怜悯之情，总觉得自己是在居高临下地挖苦他。

他家面包店经营得相当好，称其为地方名店一点也不为过。虽然很有名，但人们就是记不住其姓氏汉字的正确写法，这也成为象征性的问题。势喜夫妇也像空气一样，是存在感不强的父母。即便事后试着回忆"他们究竟是怎样的人"，脑海中出现的也不过是一对温厚善良的父母，那是种安静且没有个性的形象。

将身为未婚母亲且受到学校开除处分的黄濑彩芽聘为员工这件事，重新思考一下的话，估计也只会发生在势喜先生身上吧。考虑到椴木当时那种封建的农村环境，这无疑是一个危险的选择，毕竟彩芽在当地是声名狼藉的放荡女子，让这样的女人在自己店里工作，老板该不会是别有用心吧？别人会如此恶意揣测也不是什么奇怪的事。然而，身为孩子的我们却低估了这种事，因为从当时的居民身上完全感觉不到那种压抑的、戴有色眼镜看人的氛围。这完全是拜势喜先生的品德所赐。等我长大成人后才明白了这一点。

估计是继承了父母的血脉，辽太郎基本上拥有善良的人格。不过应该也是青春期导致的问题，他变成了那种典型的有钱公子哥儿。即便是玛丽的事，他也只是在虚张声势，最终被比他小两岁的我轻松摆平了。虽然这并不算是胜利者的从容，但我却对软弱的辽太郎怎么也恨不起来。

和彩芽的关系也是如此，不论当初辽太郎是出于冲动还是直觉，当然也有可能是对她进行了逼迫。但彩芽毕竟是彩芽，了解了雇主儿子的意图，某种程度上她应该会积极配合吧。后来回想起来确实有这种感觉，这方面的事暂且不谈。

我之所以知道他姓氏汉字的正确写法，是因为我碰巧和辽太郎有过私人对峙，那么托马斯又是怎么一回事呢？难不成也和当地居民一样，错误地把他的姓氏当成了关卡的关？可即使和势喜家没有交集，也有可能知道正确的汉字写法吧。那么在这种情况下，为何还要故意写错……这样写有什么价值吗？嗯——或许是我想多了吧，姑且先记下来，现在的问题是那个辽太郎。

他的母亲，关（使用托马斯原稿中出现的汉字）荣美子为了能照顾备考的儿子，会定期回到娘家。案发当天也是一样，在下午四点左右，当工作告一段落后，她将店里的生意交由丈夫一义看管，自己骑车前往娘家。

在打扫完卫生并准备好儿子当天的晚饭与夜宵后，荣美子带着成堆需要清洗的衣物回到家，当时大概是下午六点。据她所说，辽太郎在这段时间把自己关在房间里专心学习，并没有什么特别的变化。

假设这些证词全都是真的，那也不会对辽太郎的不在场证明有丝毫帮助。比方说，早在荣美子确认儿子在家之前，彩芽就有可能找过辽太郎。事实上，警察在附近走访时就发现，居民们曾在案发前目击有个跟彩芽年纪相仿的年轻女子频繁出入荣美子的娘家。

最重要的是，辽太郎是O型血。这一点即便不是搜查人员也能注意到。

根据关一义的证词，事发当天上午，"BAKERY SEKI"接到彩芽打来的电话，说是因为私事不能前来工作。如果她所谓的私事是前往荣美子的娘家去见辽太郎的话，那么就能肯定他与此事有关。但是，依然有几个难以被忽视的障碍，导致警察最终无法下定决心逮捕关辽太郎。

假如说真的是辽太郎杀害了彩芽，那他是如何将尸体运往河道的呢？通过尸斑等遗体特征来看，可以断定杀人现场是在其他地方。假设现场就是荣美子的娘家，两地直线距离也有几公里远。但不论彩芽在哪里被杀，将尸体运走并遗弃都需要一辆车。

辽太郎并没有驾照，更不会开车。既然如此，他应该是哭着强行拜托熟人帮忙的吧？比方说，如果是父母的话，可以为了儿子不惜触犯法律。但是根据熟客以及附近商铺的人的证词，不论是一义还是荣美子，当天并没有离开"BAKERY SEKI"较长时间的迹象。就算荣美子在下午四点之后，前往过娘家以外的地方，根据报纸配送员的目击证词，关家的汽车在下午五点左右就一直停在自家车库了。当然，负责搬运尸体的汽车也有可能是从别处找来的，而且除父母之外，辽太郎或许还有其他共犯。

但是，要想把辽太郎当作最重要的嫌疑人，有一道无论如何都无法跨越的障碍挡在搜查人员面前。就在事发的前两天，辽太郎扭伤了惯用的右手手腕，说是起床后想从床上下来时，因为没保持好平衡才扭伤的。根据负责给他缠胶带的医生诊断，需要一周左右时间扭伤才能痊愈。所以他要想用右手做体力活，是极为困难的。

彩芽是被绳状物勒死的。对于手不太好使的辽太郎而言，到底有没有实施犯罪的可能性呢？对于这个问题，不得不打上一个大大的问号。

就在搜查陷入僵局之际，原稿第三次用星号切换场景，进入了第三段性爱描写。

又来了。就在我感到扫兴的时候，突然……原来如此，会是这样吗？就在我恍然大悟的同时，整个人开始紧张起来。托马斯设计的手法逐渐浮出水面。

在此处，文中这个沉闷的，其台词做派连廉价成人电影都羞于采用的年轻女孩正是彩芽。在这次的叙述部分中，并没有使用模糊不清的代词，而是清楚地写出了全名。

但男方并非羽方清胜。在这段场景中，彩芽从未称呼过他"阿清"，描写中也没有出现过男人的名字。如果只是这样的话，还不足以断定此人不是清胜，但如果仔细阅读就不难发现，男人在做爱的时候，动作有些迟钝，或者说有些莫名的消极，自始至终都让人觉得是在被彩芽压制。

如果根据这一点重新进行验证的话，就会浮现出这样的场景：男人一边护着自己的右手，一边很勉强地跟彩芽发生关系。没错，这个人是关辽太郎。

那个年代虽然已经确立了DNA鉴定技术，但并没有引入警方的搜查过程中，因此在推理小说默认的范围内，既然残留的体液是O型，那么彩芽和辽太郎之间的男女关系从一开始就是不可置疑的。在这个部分的描写中，身为作者的托马斯进一步强调了两人之间的关系。差不多就是这样的一种架构。

通常情况下，这样的强调是在为意外的反转埋下伏笔，也就是说，与被害者有明显关系的关辽太郎十分可疑，如果这部小说公平行事，那么他就是真正的凶手。虽然此人不能使用惯用的右手，但他一定是使用了某种诡计杀害了彩芽。让读者如此相信的同时，到了最后，当真相被揭开时，行凶者并不是辽太郎……托马斯很有可能以这样的结局收场。为了呈现出这种效果，这些内容也是布局的一环。

也可能不是这样。当然，如果辽太郎才是躲在幕后，委托别人犯罪的真凶，作品再来一次惊人大逆转也不是什么稀罕事。不过，托马斯的这篇稿子多半不会这样。

作为猜想，解答部分的要点应该集中在以下方面：辽太郎即便不是杀害彩芽的凶手，也绝非与案件毫无关系，甚至起到了作用。那么他到底和此案有着怎样的关系呢？这与解开谜团直接相关。如此确信的我，将打印出来的稿纸放在桌子上。

"看完了？"托马斯问道。我点头示意，然后说："解答部分呢？"

"哎哟，日期正好变了。"托马斯高高举起酒杯，指向挂在墙上的时钟，"祝各位二〇二〇年，新年快乐。今年可是要举办东京奥运会的。"达巴达拿来三只香槟杯摆在桌子上，然后将起泡酒均匀倒入杯中。

"没想到已经活了六十年。虽然生活在本地，平常也没太在意吧，但樬木的街景真的发生了很大的变化，就连'BAKERY SEKI'也在不知不觉中被拆除了。以前三层楼高的房子在这一带就像地标建筑般罕见，现如今到处都是出租或者分售的高层公寓。商店街变得冷清，街上压根儿就见不到什么人。这到底是怎么搞的啊？"

"话说回来，势喜先生一家现在怎么样了？托马斯你采访过他家吗？"

"我们终于都要迎来花甲之年了。"也不知道托马斯是没有听到还是装作没听到，他将起泡酒一饮而尽，又给自己倒上一杯。"啊，不对，雄三还有达巴达是在一月和二月出生的，所以距离正日子还有些时间。啊，真让人羡慕啊。"

"仅差几个月时间就让你羡慕了吗？"我本想把先前那个问题重申一遍，但托马斯却从皮包里取出另一份装订好的稿纸。

"给你。不过这些并不是解答部分。"

"什么，这是怎么一回事？"

"这也是谜面的一部分。我为什么要将解答部分前面的原稿特意分成两个部分呢？你们两个读完的部分，大体上都是根据真实内容创作的。当然，虽然色情场景全都源自我的幻想，但我幻想的这些内容很有可能就是真实发生的。至少我没有写出现实中绝对不可能发生的场景。也就是说，你们可以粗略将其理解为纪实小说。可从这里开始，创作的内容就变得不一样了。"

我与达巴达面面相觑。"故事突然改变了？接下来全都要变成托马斯想象的内容了吗？"

托马斯露出意味深长的微笑，摇着头说："该怎么解释好呢？接下来让你们阅读的部分，描写的是在现实中没有发生过的内容，可以说基本上是我杜撰的。问题来了，为什么要在解答部分之前加上这种画蛇添足的内容呢？这毕竟不是纪实文学，而是我准备当作小说发表的作品。也就是说，作为解谜的推理小说，它的前提就是向不特定数量的读者发起挑战。因此，作者要秉持绝对公平竞争的精神，如果只是描写现实中发生过的事，对读者而言，可供其进行判断的材料是不足的。"

"所以说，即便是架空的内容，也必须追加一些有助于推理的情节，是这么一回事吗？"

"你说得没错。作者在填补线索空缺的同时，还得让读者顺利找出真相，这可以说相当重要。不过，即便如此，我现在也很难判断出这回的设定是否合适。"他一边慢慢地点着头，一边看向我跟达巴达，"不知道这个追加部分是否有存在的必要，还是说只不过是画蛇添足。这次与其说是让你们来推理，不如说是想让你们来检验这一点，所以我才会在今晚将原稿带来。不好意思达巴达，能给我杯咖啡吗？"

托马斯再次伸出手，将一块巧克力蛋糕塞进嘴里。我突然对他的做法产生了一种违和感……奇怪？不对，不是违和感，而是似曾相识的感觉。

年轻的时候，我常以吃个巧克力冰激凌作为酒会的结束，托马斯对我这种行为表示惊讶，简直不敢相信这会是同一个人能做出来的行为。如今他也爱上了甜品，变得既好喝酒又好甜点。如果只是这样也就罢了，但他这种如此天真享受甜品的样子，并非今晚才出现，好像以前也有过。那应该是发生在几十年前，在遥远的过去，在我们十几岁的时候。

没错。有一次放学后，我到太田叶家时，发现托马斯先我一步赶来。当时我们都还是高中生，托马斯穿着如乌鸦般漆黑的校服，身着便服的达巴达与其形成鲜明对比。我们三人像往常一样闲聊，托马斯从纸袋里拿出满是奶油的闪电泡芙[①]。周围没有其他店会贩卖这种时髦的食物，他自然是从"BAKERY SEKI"购买的。

这件事放在当年并不会让人觉得有多么不可思议。毕竟十几岁的孩子，食欲旺盛，即便是纯粹的酒徒，一旦肚子饿了，也会将闪电泡芙当作零食吃掉。不过要是重新思考此事的话，唯独托马斯是个例外。他上初中的时候，就算是在学校的超市购买副食面包[②]，也不会理睬那种甜面包。我至今还清楚地记得，有一次当我兴高采烈吃基夫利面包时，他露出一副厌恶的表情，好像是在说"我无法理解"。

就是这样的托马斯，竟然会在高中时期特意购买闪电泡芙？而且这还不是一次两次的事，在那之后还有过好几回。我之所以几乎忘了这件事，就是在高三应试期间，我们几个偶尔聚在一起时，托马斯的零食全都是薯片、杯面那种咸味食品，完全

[①] 闪电泡芙，又叫作意可蕾，一种长条形状的法式甜品。
[②] 面包里面夹有各式小菜或者油炸食品的面包。

没有甜食。

也就是说，在我们高一到高二的这段时间里，托马斯曾沉迷于"BAKERY SEKI"的闪电泡芙。就是这么一回事。当然，一时的口味变化是在任何人身上都会发生的现象，或许并不是什么值得注意的事。但很有可能托马斯并不是为了闪电泡芙，而是出于其他目的才经常光顾"BAKERY SEKI"的。

托马斯的目的就是黄濑彩芽，他很有可能爱慕着她，只不过我和达巴达并不知情，或许他还曾跟负责接待客人的彩芽闲聊过。当然，即便如此也没什么好奇怪的。保不准这次以她的被害事件当作题材的小说，原本就是出自他对彩芽的特殊感情。

"那个……"达巴达走进吧台，我冲着他的背影说道，"能不能让我先看这个？"

"那拜托你先看吧。如果再频繁出现色情描写的话，我就不看了。你告诉我大致内容，我再思考谜底。比起这个，不好意思，本来准备用发面[①]当作跨年吃的荞麦面，结果忘得一干二净。你们现在还吃吗？"

"吃。"托马斯很高兴，"已经不是跨年面而是年初面了。你准备得真周到。还不是日本的荞麦面，而是意大利面。话说回来，以前有没有除夕吃荞麦、元旦吃乌冬这种说法？"

"啊——有的。你这么一说，高中图书馆的阿姨曾经说过。电影《犬神家族》热映在学校成为话题的时候，我还偷偷拜托她帮我整理出横沟正史的文库本呢。她名字叫什么来着，SIKAGAWA什么的……"

达巴达给我们倒上刚泡好的红茶。就在我一边读着后半部分

[①] Cappellini，一种极细的意大利面。

谜面的内容一边和他们聊天时,"须贺川"这个名字出现了。但这个人并不是真实存在的五十多岁的图书管理员,而是一个二十多岁叫"须贺川才藏"的男性,职业是加油站的工作人员。什么,谁啊,这人是谁啊?

该不会是那个图书馆阿姨的儿子之类的设定吧?托马斯似乎看透了我的疑惑,手像汽车雨刷器般挥舞起来。"这是完全虚构的角色,只是单纯借鉴了一个名字而已。从这个部分开始,里面出现的任何人物、团体都与事实无关。你只需记住这一点就好了。"

"如果图方便的话,那么太叶田也可以啊。既然我都登场了,索性也给达巴达一个精彩的出场吧。至少也得有名字出现吧。"就在我插科打诨的时候,一脸苦笑的达巴达将盛有意大利面的碟子依次放在桌子上。

我一手拿着叉子,一手拿着原稿阅读。警方决定彻底调查黄濑彩芽生前的交友关系,查到了一个以本地为根据地的卖淫组织。这个组织的头目就是须贺川才藏,而黄濑彩芽则是他其中一个部下……

喂喂,我说啊,为何突然间散发出如此廉价的昭和恶棍罗曼司[①]的气息,这样写真的不要紧吗?虽然这个故事确实是以昭和时代为舞台的。

先不论在椴木市有没有这类卖淫组织,托马斯这个家伙为何要展开这种反面的、戏剧化的廉价故事呢?当然,要想提供公平的解谜线索,他必然会有所安排。即使深知这一点,也还是感到

[①]原意来自恶棍小说,是源自十六世纪西班牙的小说写法。这种题材的作品在日本,特别是昭和时期很受欢迎,代表作家有大薮春彦、今东光、驰星周等。这里采用的是茅盾先生的翻译法。

羞耻。不，跟阅读文章的我比起来，身为作者的托马斯恐怕更不好意思吧？他特意将原稿一分为二，之所以如此小心谨慎，或许就是因为接下来这些完全虚构的内容吧？

案发当天，须贺川才藏名下的汽车曾出现在发现彩芽遗体的那个河道附近——警察得到这条目击情报，对其进行传唤。

须贺川是 B 型血，尚不清楚与被害者有无肉体上的关系。他承认曾让彩芽拉客，但否认自己跟杀人以及抛尸事件有关。

当警方追问须贺川当天模糊的不在场证明时，他说有很多人比自己嫌疑更大，然后便提供了介绍给彩芽的客人名单，其中就出现了羽方清胜的名字。在此之前，虽然不能断定清胜就是在公交车站被人目击到的那个让年轻姑娘上车的司机，但至少可以确定他和被害者生前有过交集。

警察再次对清胜进行调查，于是他开始强调自己之前没提到过的案发当天的不在场证明。

清胜说自己那天待在市内某家咖啡店里，而且从上午十点半到下午六点多的这段时间，一直没有出来。什么？从上午到傍晚，将近八小时的时间？当被问到这段时间都在咖啡店里做了些什么时，清胜回答说自己点了早餐、午餐以及各种套餐，一个接一个地按顺序吃完。回答得相当认真。

这种事不论谁听了都会觉得是在胡闹或者骗人。面对这种超出常规的供述，警察笑着向该店经营者询问事情的真伪。令人大吃一惊的是，咖啡店的老板证明清胜的说法是真的。这个老板与清胜之间没有丝毫利害关系，也没有私下交往。

那天是第一次有人来店里足足坐了大半天，还花了数万日元。清胜还相当规矩，为了避免被怀疑是来店里吃霸王餐的，每次点完餐都会进行结算。

"这究竟是何方神圣啊？"好奇的老板曾仔细观察这位客人的样子。之后老板指着警察提供的羽方清胜的照片断言道——没错，就是这个男人。清胜点的是九个套餐以及二十一杯饮料。虽然吃到连一粒米都不剩，但最终看上去还是有些吃不消。在最后一次结账前还冲进了厕所里，老板便给他免单了。由于这件事非常奇怪且魔幻，老板不可能忘掉。

据说不只是经营者，在这段时间里，店里其他客人也同样看到了把空餐碟堆成小山的那个男人……真是够了。越往后读就越觉得没劲儿。搞什么啊，这不就是老掉牙的不在场证明调查嘛，就像漂流者①的短滑稽戏。但这和漂流者不同，完全就不好笑。

当然，这段从头到尾都是完全虚构的故事。证据就是清胜去过的那家咖啡店的名字——TABATAN，这是达巴达母亲经营过的一家店，也就是现在正举办跨年酒会的这家西式居酒屋的前身。这样的设定真是好玩。"哈哈，原来如此。不是达巴达本人，而是阿姨跟那家店的友情客串啊。"

"TABATAN"是真实存在的店，如果清胜去过那家店也不是什么奇怪的事，只不过像这种只有在无厘头电影里才会出现的坐着不走的方式，在现实中是绝对不会出现的。如果真有如此奇特的客人出现，当时没上高中，一直在母亲店里帮忙的达巴达是不可能不知道此事的。像这种事，他绝对会当成笑话反复去说。可我至今为止从未听说过，所以实际上这是绝不可能发生的事。

问题是，身为职业作家的托马斯，为什么要特意添加这种疑似是在水字数的无足轻重的小插曲呢？估计是在构建一个更符合逻辑的解谜架构，用来解开《间女的藏身处》里的全部谜团吧？

---

①漂流者（ドリフターズ）原是日本乐队，后来因为出演短滑稽戏出名。简称取自日语字头的三个假名。

除此之外再无其他可能,如果不是这样的话,反倒会让人惊讶。

现在的重点在于,清胜为何要捏造出如此牵强的不在场证明?不论是谁都能看得出他这样做是刻意为之,不仅没有洗去嫌疑,反而更加可疑了。不论是谁看到这些都会吐槽说:"伪装工作要做就做吧,稍微上点心就能有办法吧?"但此时的清胜,明显时间并不富裕。

谜面的后半部分,气氛突然变得敷衍起来,这绝非托马斯的笔力所致。因为清胜的不在场证明本身就是临时想出来的,毫无计划性,属于穷途末路,即便是相当粗糙的伪装,他也不得不匆忙应对。他为何会陷入这种困境,答案就是,清胜是在上午十点半前后这个时间段出现在了"TABATAN"咖啡店的。

其实不仅仅是清胜,人通常会在什么状况下慌不择路地必须制造一个不在场证明呢?那就是身边突发杀人事件,并且自己有极高概率被认定成犯罪嫌疑人的情况下。

事发当天,出现在公交车站前的那辆深黄色汽车应该只是个偶然吧?清胜并没有在等任何人。可就在这时,他注意到一个穿着绣有牛图案工装围裙的年轻姑娘在冲自己招手,他误以为那人是黄濑彩芽,便把车停在女孩的面前。

然而,当对方主动打开车门坐进副驾驶席时,清胜才发现不是彩芽,而是完全陌生的女孩。困惑的清胜说出了"你是谁啊""你要干什么"之类的话回应,这些话在目击者驹村耳中,就像是男女间的打情骂俏。

女孩对在震惊中开车的清胜说:"我之所以穿成这样,是因为误杀了彩芽。由于不能把尸体放在那里不管,所以希望你能帮忙把尸体扔到什么地方。"

之所以不能将尸体放置在凶杀现场,因为那里是关辽太郎母亲的娘家。女孩是在彩芽跟辽太郎幽会途中撞见的她，不论是谁先出的手，总之她们发生了冲突。结果导致彩芽被杀，不过女孩并没有将详细经过说给清胜，只是强迫他帮忙搬运尸体。

如果不听话的话，女孩就会跟清胜的妻子揭发他与彩芽之间的关系。可即便受到威胁，清胜还是坚决拒绝帮忙，并在途中将其强行赶下车。然后他一溜烟赶到唯一能去的地方——咖啡店"TABATAN"。

不论遗体是以怎样的形式发现，彩芽被害一事迟早会曝光，曾和对方进行援交的自己必定会被当成嫌疑对象，受到警察的审讯。万般焦虑的清胜，绞尽脑汁寻找着能确保自己不在场证明成立的方法。

根据穿着工装围裙的女孩的口吻来分析，可以推断出她应该刚杀害彩芽没多久。由此可以预测，警方会根据相关人员当天的不在场证明展开调查。因此自己必须火速想出一个，即便行为奇特也能有人给自己做出不在场证明的方法。于是在他左思右想之下，想出了这个滑稽的方法。

重新强调一下，这部分完全是托马斯虚构的。清胜实际上并没有做出如此可笑的不在场证明。不过他果断拒绝女孩帮忙处理遗体的请求，确是不争的事实。

现实中的黄濑彩芽被害事件之所以陷入调查僵局，主要原因恐怕就在于此。这场谋杀案是女孩坐上清胜的汽车从公交车站离开后发生的——警方一直在这种错误的判断下进行搜查。事实上，彩芽在此之前就已经被杀害了。

至于清胜之所以没有遭到逮捕，应该是警方掌握了他将女孩赶下车后的行动，从而得出了他不可能行凶的结论吧？由于难以对详细过程进行调查，别无选择的托马斯为了将清胜排除在嫌疑人范围之外，编造出了如同报名参加大胃王比赛般的滑稽一幕。

被清胜从车上赶下来的女孩，不得不去寻找其他的共犯。她特意身穿极具被害人特点的工装围裙，就是为了诱使那些误以为是彩芽的人上钩。她是这样盘算的——只要对其进行威胁，说要曝光他们与彩芽的援交关系，就能很容易取得这些人的协助。

托马斯几经曲折，得出过这样一个猜想——事实上，除了清胜外，应该还有一名男性帮助过女孩将彩芽的遗体运往河道。可是，当她从清胜的汽车上下来后，真的能如此幸运地找到替代者吗？

女孩在无人知晓的地方徘徊时，幸运地恰好遇到一个与彩芽关系密切的男人从此经过。这样的情节不会有读者接受，读者会对这种都合主义[①]感到愤怒。

因此，托马斯杜撰了一个卖淫组织的情节。彩芽并非和多名男性保持援交关系，而是听命于卖淫组织的安排。通过这样的设定，为新出现的协助者埋下伏笔。女孩碰巧知道须贺川才藏是这个组织的头目，通过某种方式与对方取得联络，并希望能够得到帮助。虽然这是一个无用的戏剧性的展开，但可以一窥托马斯辛苦创作的痕迹。

"或许是去年，不对，应该是前年吧？"托马斯突然自言自语道，"当我由于工作原因前往东京的时候，有幸与负责我书籍装帧的设计师水越直接见了面。顺带一提，他是男性，年龄应该三十岁上下。听说他出生在横须贺，也成长于横须贺，当听说他家老爷子是椴木人后，我大为震惊。经过进一步详谈我才知道，我和他父亲只相差两岁，但我完全不记得当地有过水越这个姓

---

①都合主义是指无视故事之前的铺垫，强行添加新的设定，并用偶然等手法从而方便作者推进故事发展。

氏。当我言明此事后他跟我说，这其实是他妈的旧姓。这位设计师似乎出于某种原因，是被母亲的父母家领养回来的。接着我便询问了他父亲的姓氏。"托马斯像挥舞指挥棒般晃动着手中的叉子，"那人回答说姓SEKI。"

当叉子的尖端冲向我时，我这才下意识地探出身子。

"慎重起见我先说明一下，不是关卡的那个关。"

当我迟缓地扭过头时，正好和双臂交叉的达巴达四目相对。这个时候我才察觉到。原来是这样啊。今晚，托马斯并没有带来解答部分的原稿。达巴达其实清楚这点，谜面的后半部分，他就算不用看也知道是什么内容。

"势喜辽太郎在东京的大学念完硕士后，似乎在神奈川某大学当上了老师。实际上，去年他接到了癌症晚期的诊断结果，然后便住进重症医院。在交谈过程中，水越露出苦恼的神情，问我是不是想和他父亲见上一面。我还反问道，是不是感到困惑。对方说那是自然。"就在这个关键时刻，他戏剧性地噘起下巴，"我虽然经常在'BAKERY SEKI'买闪电泡芙，但几乎没有见过辽太郎。一来是年级不同，还有就是，应该不止我这样吧？"

"根据水越说——"达巴达很默契地接着说道，"辽太郎在病床上不停重复着一些话，似乎是对家乡椴木有什么未了心愿。可即便是他太太，也不了解和椴木有关的事情。或许是意识到即将灯枯油尽且有些心烦意乱，他时不时地流下泪水，但并没有具体说过什么。有一次妻子跟他套话，问有没有想再见一面的人时，他说能不能帮忙联系同校的名雪以及他的朋友太叶田……"

我与达巴达相互瞪眼般看着对方。虽然并非如此，但托马斯的眼神变得可怕起来。

"水越听完这些后，回想起托马斯的维基页面上，写过他毕业于县立椴木高中的事。他虽然不知道我和雄三关系很好,但如果能让辽太郎见到托马斯的话,或许能知道些什么……"

"有件事我必须先向你们道个歉,就是谜面的前半部分。如果按照上面的描述进行推理的话,恐怕会得出辽太郎不是凶手这个结论。"看到如同解开咒语束缚般的我后,托马斯投来微笑,点了点头,"或许雄三也是这样想的吧,认为那个穿着绣有牛图案工装围裙,并在公交车站坐上清胜汽车的女孩,就是杀害彩芽的凶手。对,这就是答案。但这仅是小说层面上的。实际情况并非如此,这个女孩只是被委托来处理彩芽遗体的人物。"

"阅读过程中,我觉得有些不可思议。"我叹了口气,苦笑道,"托马斯这个家伙,到底打算把假扮成彩芽的这个女孩安到谁的身上呢?虽然完全想不出类似的角色,但我想过会不会是辽太郎的母亲荣美子,可这样设定是个禁招。因为如果是这样的话,对于'BAKERY SEKI'早上的开店时间,就必须做出更为详细的解释才行。"

"不好意思,让你绞尽脑汁考虑了这么多。不过,假如我让雄三你当时的本名出现在作品中的话,你在阅读的过程中就会突然意会我的想法。"

正如托马斯所说的那样。如果在原稿中出现的不是我现在的本名"名雪绚也",而是四十三年前的户籍名"名雪绚子"的话,我一定能瞬间察觉到托马斯的意图。难不成,他也注意到彩芽那件事的真相了吗……

"达巴达早就知道一切了,我要是再把详情重复一遍,会不会有些不太好?"

"你就别顾虑了。现在不就是关键时刻吗?名侦探把大家召集起来,说了句'接下来……'你不就是为了这个瞬间,才特意写出这种巧妙作品的吗？"

"我不太清楚辽太郎对彩芽下手的详细经过。恐怕是在母亲娘家幽会的过程中，发生了某种感情上的误会。对了，还有件事要说，抱歉。辽太郎并没有扭伤他惯用的手腕，这种描写完全是不公平的。他把姓氏的汉字写成关卡的'关'，只是为了照顾后面的内容。"

我完全被手腕扭伤的情节欺骗了。由于设定的是辽太郎不可能行凶，所以我便断定托马斯并不知道现实中案件的真相。

"辽太郎在彩芽的遗体前犯了难。他认为不能这样放任不管，但又不知该如何是好。在进退两难之际，他想到给名雪绚子打去电话。他知道那天雄三你因为感冒在家卧床不起的事吗？"

"不，他并不知道，可能只是碰巧吧。估计是慌不择路就随便打了一个电话，结果恰好那天我没有去学校这才接听了电话。仅此而已。"

"绚子在听到辽太郎的哭诉后，拖着病跑去找他。那个，我绝没有对你阴阳怪气，但你真的喜欢他吗？"

"即便你现在问我，我也不清楚。虽然现在说这句话有点难为情吧，但我觉得他挺可爱的。我事先说明啊，我们可没发生过关系，只是亲过嘴。"

"不不不。我并不打算刨根问底，也不想深入探讨。"

"你故意把辽太郎姓氏的汉字写错，是不是就想看看我的反应？会不会有什么微妙的动摇之类的？"

"姑且有这方面的考虑吧。虽然辽太郎哭着求绚子你帮忙，但自知力不从心的你想到了找某个会开车的大人帮忙处理遗体的方法。大概在此之前，你见过彩芽在相同的公交车站前上过疑似援交对象的汽车，才想出了这个办法吧？"

"遗憾地告诉你，不是的。那天辽太郎是从彩芽本人那里听来的这件事。听说是她之后和其他男人有约，差不多就是那个意思。虽然我也不清楚详细情况，但这似乎就是他们争执起来的原因。"

"结果辽太郎杀害了彩芽。名雪绚子在接到辽太郎的电话哭诉后，立刻穿上彩芽标志性的工装围裙，去找一个愿意帮忙搬运遗体的男人。"

"不过我只记得那人开的是红色的日产蓝鸟S，对方的名字我就不知道了。我也是今晚才头一次知道，那人就是"鞋HAKATA"家的儿子。这便是时隔四十多年的真相啊。还有就是，原来坐在公交车站长椅旁边的那个人，就是过去在学校采购部工作过的阿姨啊。被她目不转睛盯着的这件事，我完全没有注意到。或许是因为当时感冒发烧，身体不好的缘故吧。"

"遭到清胜果断拒绝，被立刻轰下车的绚子不知所措，只好向达巴达求助。虽然这是很久以前的事了，但我感觉像是只有自己被排除在外一样，很寂寞。"

"你在说什么啊。那时托马斯正在学校上课，压根儿就无法取得联系。那个时候又不像现在，有可以方便携带的电话或者智能手机，就算成功联系到你，你也什么都不能做吧？"

"也是。跟从小学时代就能开轻型卡车的达巴达相比，我确实有心无力。"

"装载彩芽遗体的并不是轻型卡车，而是我妈的车。在绚子的指示下，我把车开到了辽太郎所在的那个家。我一路上都是战战兢兢的，生怕遭到盘查。虽然是为了朋友，但我也觉得不合理，自己为什么非要做这种事呢？抵达现场时，辽太郎正跪在彩芽的尸体前。雄三这个家伙死死地抱住他，还拼命安抚他。或许因为我当时也是个孩子，见到此情此景，就不由得想要帮助不知该如何是好的他们吧。"

达巴达向我的香槟杯里倒入起泡酒，不过已经没有最开始那么多泡沫了。

"那时的辽太郎应该也没有想过会跟彩芽生个女儿吧？这也是正常的事，毕竟连他自己都还是个孩子。不过雄三啊，你已经是个大人了。虽然你经历了三次变性手术，成功通过了《性别不一致障碍特例法》①，将户籍上的性别变更为男性，但不要再飘忽不定了。应该更认真地考虑一下和香代的事情。你要理解托马斯写出如此拐弯抹角作品的本意。这一切都是为了香代，为了去年没能在重症医院见到辽太郎最后一眼的她。"

起泡酒的瓶子已经空了。

"不论是在你还是女性时曾和男性有过两段失败的婚姻，还是因为周围人的偏见害你失去了工作，她都对你不离不弃。她不会放弃与你成为夫妻、共度余生的想法，你们都不会遭受惩罚。不管怎么说，香代也是你十几岁时喜欢的辽太郎留下的孩子。"

---

① 《性别不一致障碍特例法》是日本于二〇〇三年七月颁布的法律，只要符合法律规定的条件，就可以更改户籍上的性别。

偶然而恐怖的相遇

"那是一九七九年七月发生的事。不,稍微等一下,好像是六月的时候吧。"

从刚才起,我就不自觉地用右手的中指咚咚敲打着会客室的桌面。我苦笑起来,这种感觉就像在敲着手机屏幕搜索什么东西一样。如果我能用这样一个动作唤起逐渐模糊的记忆的话,那就没这么麻烦了。

"上了年纪真是令人讨厌的事啊。这四十多年来我片刻都不曾忘记那个夜晚所目击到的场景,它给我留下了深刻的印象,应该是这样的,但我完全记不起那是在何年何月发生的事了。"

"那我们还真是一样啊。"老师从桌上的盒子里抽出一张纸巾,擦了擦眼镜后继续说道,"说到一九七九年,那年我刚上大学。对于一个乡下人来说,刚开始在大城市生活确实令人印象深刻,但当我试图回想自己来到东京前后发生过的事情时,却怎么也想不起来。"

"六月或者七月吧,肯定是在学校放暑假之前。如果是放暑假以后,我相信我们一定会做出更有趣的事情,而不是潜入废弃的房子里偷看。"

这个"如果"后面说的话确实没有想要骗人的意思,但感觉自己这话说得有些太漂亮了,或许是因为我现在站在成年人的角度看待这个问题吧。平心而论，我在十几岁的时候，不管对其他东西有没有兴趣，只要见到能偷窥的目标，我就很有可能将这种不道德的游戏一直进行下去。老师好像看穿了我心中所想，严肃地摇着头。

"如果我在青少年时期就能找到那样一个绝妙的藏身之处的话，不管上学还是放假，肯定会一整年都泡在里面。可我怕说出这样的话后你会质疑我的人格，认为作家这个职业会加剧人的偷窥欲望。"

"你要这么说的话，别的作家肯定会骂你。肯定只是老师你自己会这样做吧。"

"确实没错。"这位摇晃着大肚子，重新架好眼镜的老师名叫德增大希，是一位以真名写作的推理作家。

根据维基百科的介绍，他比我早两年毕业于当地县立的樅木中学。我应该称他为"德增先生"或是"前辈"，但在"樅之里庄"的从业者和相关人士口中，他被称为"老师"。因此，我也就随他们一起使用这个称呼了。"那么——"老师从帆布包里拿出大学时期的笔记本，"河原井先生，现在你的时间还富裕吗？"

老师环视房间，好像对周围的事物有所顾忌。我也随老师一起环顾四周，这个房间通常是给前来探望住户的人使用的，但是现在房间里只有我们两个人。

就在这时，一位面熟的女员工正准备打开商店的卷帘门，商店就在走廊的正对面。说起来今天居酒屋有活动，只有在周末晚上才会举办。其他住户和他们的家人可能会来消磨一下时光，但他们是不会被这样的谈话所打扰的。

"是的。今天我们要好好谈一谈，那到底是怎么回事。如果可以的话，我真想听听老师的看法。"刚才的女员工正在店里准备着啤酒机。"喝一杯怎么样？能让你打起精神。"

"不了，不了，我今天开车。"

"哦，这样啊，好吧，那我先不客气了，来一杯润一下我的喉咙。"

"嗯，说起来，河原井先生今天是打算在这里过夜吗，你父亲身体不太好吧？"

"没什么，他身体和平常一样，只是我今天如果不住在这里的话，他的心情恐怕会很糟。毕竟，我父亲现在还以为和我住在自己的家里呢。"

当我起身准备前往商店时，刚才那个叫津端的女员工笑着对我说道："不好意思，请稍微等一下。啤酒是吗？好的，我马上把啤酒拿过去。"

我点头示意的时候，突然想起我把钱包放在了父亲的房间里，于是对老师说："先失陪一下，我马上回来。"然后快步走上走廊。

转角处是个托儿角，它和会客室都是开放的空间，里面配备了一个绘本书架、一块有滑轮的白板和一些简单的玩具。可能是现在这个时间段的关系，那边空无一人，十分冷清。这里应该是为带着儿童的家庭配备的，但我一次都没见人使用过。

走廊的墙壁上挂着一幅大小为 100 号①的画。这是一幅油画，描绘了夏天烟火大会的场景，色彩明亮鲜艳，左下角的签名是"Y·Kawarai"。这幅画是我父亲创作的，他以前是中学美术老师。为了庆祝竣工，父亲将它赠送给了"樌之里庄"。这里的所长的父亲和我父亲以前是同事，正因为如此，父亲才能不用

---

① 100 号为日本绘画的尺寸大小，因为文中描述所绘为风景画，换算实际尺寸为 1620 毫米 ×1120 毫米。

排队等待房间空出来而直接入住。但如今，他连身边的亲人都认不出来，更不用说他的老朋友了。

我走过用于举办小型音乐会以及讲座等慰问活动的多功能厅，穿过从综合楼到住宅楼的走廊。那里有护理员的休息区，在与之相连的公共餐厅的走廊正对面挂着一块刻有"河原井安夫"的木牌——这就是父亲的私人房间。

推拉门没有关上，我往里一瞧，发现是一张空床。电视机仍然开着，但没有看到轮椅。与之相邻的共用厕所正在使用中。显然，他已经给自己的护理员打过电话，让护理员帮忙如厕。

我在写字台上寻找钱包，我以为就在那里，但并没有找到。我歪着头，终于意识到之前曾把钱包插在屁股口袋里。也就是说，我的钱包应该在会客室的桌子下面。啊呀，和这位有时会把儿子误认为是以前学生的父亲比，我也没资格说他。看起来过不了多久，我也会成为那个被照顾的人。

我的妻子已经去世，我们也没有孩子。再过两年我就六十岁了，当我不能像现在这样活动自如的时候，不知道可以向谁求助。如果我可以在父亲之后，从这个养老设施得到照顾的话，那将是最理想的情况。但我不认为会如此轻松，我对自己未来的生活很担心，但这种事担心也没用。

当我要离开房间时，突然注意到对门房间的名牌，上面写着"田才永浩"。嗯？隔壁这位直到几天前还是个女性啊，难道说她已经去世了？应该是这样吧。本来许多入住者就是老年人，所以房间名牌的名字经常变动。

我没有去厕所打招呼便离开了住宅楼。我一边和面熟的护工打招呼，一边回到综合楼的会客室。老师深深地叹了口气，等不及我坐稳便开口道："你父亲认为这里是他的家。虽然这是一件让人头疼的事,但也有点令人羡慕。在某种程度上,对你来说就不是什么麻烦事了。"

"对了,老师的母亲怎么样了?"

"每次我们只要打照面,她就会向我抱怨。今天也是这样,她抱怨我在这里待得太久,催促我赶紧回家。照顾父母没有不麻烦的,所以谁也不知道这究竟是好事还是坏事。"

"我爸刚住进来的时候也是这样的,又惊又怒,仿佛遭到绑架一样,如果他不尽快回去,坏人就会侵占我们的房产。哪有像电视剧一样的阴谋论啊,我家可没有那种会被人盯上的财产。"

"我妈似乎是这样想的:她被迫住进护士学校的宿舍,原因是要成为一名护士,尽管她并不愿意,也完全没有意识到她才是需要被照顾的人。人类真是有趣。我不知道他们是怎么想到这些的,但他们试图以某种方式解释和调和主观上的荒谬认知,而这种情节的创作变化是永无止境的。"

这时,津端小姐走了过来。"让你们久等了。"她拿来两个倒啤酒的一次性纸杯放在桌子上。

"不,我就不用了。"老师看了津端小姐一眼。"啊,很抱歉,看来一个杯子就可以了?"

"没事,那我就要两杯吧。"

"真不好意思,啊,说起来老师……"津端小姐胳膊下夹着托盘,向前弯腰,将目光从我身上移到老师身上,"前几天我去书店,看到老师的新书上架了。"

"是《低调吃霸王餐被抓事件》吧?"

"不是,呃,书名好像要再长一点。然而怎么怎么样,不会怎么怎么样,这样的书名。腰封上写着德增大希出道十五周年纪念作。"

"我知道了,是《然而她是不会告诉你真相的》。这是我在平成年代发表的最后一部作品。"

"时间过得真快,不是吗?就在不久前,我还以为马上就要改新的年号了。但事实是,再过一个月左右,令和元年也要结束了。真的过得太快了,我甚至没有时间去做其他的事情。啊,很抱歉打扰你们,请慢慢享用。"

津端小姐笑了笑,离开了会客室。居酒屋活动只有两小时,从晚上六点到八点。与其说它是一项业务,不如说是养老院娱乐活动的一部分,就像其他的慰问活动一样。

当然,稍微延长一下也是可以的。"时间有限,让我们说正事吧。"我擦了擦鼻子下面的啤酒泡沫,"但如果从我看见的东西开始讲的话,故事可能不连贯,所以我将按时间顺序来进行说明。我当时只是一名高二的学生,可以说什么都不知道。目前和你讲的,主要是基于我成年以后的一些见闻整理而来的,这一点还请注意。"

老师点了点头,用圆珠笔在笔记本上写了些什么。我再次举起纸杯,将啤酒倒入口中。

"应该是一九七九年的六月,事情发生在市里京町大街的一个叫贝沼建筑设计事务所的地方。"

"那条大街曾经是市里的主干道。邮政总局在搬到国道上之前就在那里,还有一家大银行的樾木分行,反正聚集了和服店、肉店、鱼店之类的各种店铺,是以前的居民生活区。但设计事务所真的存在过吗?我在上中学的时候应该经常路过才对,但是我已经不记得了。"

"其实我也记不太清楚了。我以前经常去那一带的BAKERY SEKI和伴野书店,现在都记得奶油面包的味道,还有我站着翻阅杂志的样子。那家设计事务所——说实话，没有任何东西可以吸引一个十几岁小孩的注意。当时三十六岁的老板贝沼规矩雄被发现死在办公室里，时间是晚上十一点左右。他的头部被钝器击打，脖子有被勒住的痕迹，推测的死亡时间是遗体发现前的一到三小时。现场没有任何东西被翻动过的痕迹，案件从一开始就被认为是仇杀……"

"通常，晚上十一点的时候设计事务所已经关门了。当时应该只有被害人在办公室里，那么到底是谁第一个发现了尸体？"老师也许注意到他在自言自语，于是停下手中的圆珠笔，不好意思地笑了，"不好意思，不知不觉走神了。"

"第一个发现尸体的人叫月见里辰彦，这个月见里和山梨县[①]的读音是一样的，但是汉字写成能看见月亮的故里的'月见里'。"

老师写下这些字。"原来是这个月见里啊。我不太熟悉这个名字，他是本地人吗？"

"他和贝沼规矩雄都是樱木市立中学的棒球队成员，是前辈后辈的关系，他们确实是在当地长大的。月见里三十四岁，自称是柏青哥专家，沉迷赌博和嫖娼，欠下了一些不光彩的债务。他仗着自己是贝沼规矩雄的前辈，企图让贝沼规矩雄暂时帮他顶债。讨债的人逼得很紧，说是让他去捕捞金枪鱼或者去建设隧道，甚至已经逼到要他卖肾的地步，可以说他是相当的窘迫。"

"先不管他到底借了多少钱，贝沼规矩雄是那种有那么多钱能帮他还债的人吗？"

"他有很多从父母那里继承来的房地产，所以他不需要特别

[①] 月见里和山梨都读作 yamanashi。

努力工作也能维持生活。甚至有一种说法是,刚才说的那个设计事务所只是他为了避税还是干什么的一个幌子,是否真的有业务都值得怀疑。那一天,月见里去贝沼建筑设计事务所就是为了再次商谈顶债的事。办公室的灯是亮着的,但不像有人在的样子。他走进去以后,发现贝沼倒在老板桌的后面。他的脖子上缠着一条皮带,很明显已经死了。月见里慌忙用贝沼办公桌上的固定电话报了警。"

"凶器是男人的皮带吗?"

"据说是被害者自己的皮带。很显然,凶手先是击打了贝沼的头部,使他失去反抗能力,然后用从他裤子里抽出的皮带勒死了他。顺便说一下,凶器上除被害者的指纹外,没有发现其他能和数据库匹配的指纹。"

"那是在夜里十一点吧。你之前说过推测的死亡时间是一到三小时之前,被害者可能晚上八点就在那里。那是他自己的公司,即使是在营业时间之外,老板待在那里也不奇怪了,但一个要求帮忙还债的人为什么要在那个时候过去呢?"

"月见里说他不是擅自去的,而是被贝沼叫去的。毕竟,他们讨论的金额太大,没有办法,只能选择这个时间段。因为贝沼不想让员工和家人听到这件事。"

"说起来,被害者的家庭构成是怎样的?"

"他和妻子优子名义上是住在一起。他们有三个孩子,都是男孩,其中最大的孩子正在上小学,但他们都是由妻子的父母带大的。"

"这又是为什么呢?"

"他们实际处于一种半分居的状态。这件事有点复杂,优子没有与贝沼离婚,却带着三个儿子回到她父母的家中。而她又经常回自己家里住。换句话说，她在父母家和自己家之间来回走动，如果你说他们分居，他们就是分居，但如果你说他们住在一起，那么，确实也是住在一起。"

"这确实很复杂。至少贝沼不是一个人住的。"

"因为是别人家里的事，有很多我们这种外人所不了解的情况。但肯定不能说这对夫妻感情很好，妻子的不在场证明很可能是本案的关键，这个我们稍后再讨论。"

"不管到底要还多少钱，当时已经接近午夜。他们把事务所的门一关，就可以不用顾及时间，随心所欲地进行密谈。即使月见里真的是被受害者叫去的，但特意让他在这个时间去，似乎也有点不太自然。"

"确实如你所说。月见里似乎在隐瞒什么，警察也对此进行过深入调查。当然，有可能确实是月见里杀死了贝沼，然后冒充第一发现者。他自己也意识到被警方怀疑了，于是在审讯过程中改口了。事实上，贝沼是让他晚上八点前往事务所。"

"哦？"

"他八点准时去了事务所，但那时他们两个好像并没有对这件事达成一致。于是他就回去了。可他并不死心，之后没和贝沼联络，就又回到事务所。那是在晚上十一点。"

"这个证词的可信度有多高？"

"因为没有目击证人，所以不知道月见里是否真的在晚上八点去过事务所。但他在当天中午打电话给被害者约时间的这件事得到了证实。当时事务所的员工接过一个电话，听到一个男人的声音：'我是寿产业的，社长在吗？'于是员工把电话转给贝沼。在快结束时，这名员工无意间听到贝沼说：'今晚七点，就在我这里。'然后点了点头并挂断电话。"

"七点,不是说八点吗?"

"根据那个员工的供词,当时他确实听见老板说了七点。事务所通常在下午六点关门,之前也有老板留下来进行会谈的情况。警察审讯月见里,问他是否给贝沼打过电话。月见里说是他打过去的,但贝沼让他在晚上八点到事务所。另外要说明的是,这个所谓的寿产业是贝沼让月见里这么说的。当月见里向贝沼家里或者公司打电话时,如果接电话的人不是贝沼,那他就会说自己是寿产业的人。"

老师停下手中的圆珠笔。有那么一瞬间,老师脸上出现了非常复杂的表情,不知道是感到疑惑还是要笑。给这个表情打个比喻的话,就是仿佛有人恶作剧似的在挠他的痒,虽然他想要无视这件事,身体却忍不住扭过去,但他很快就板着脸把目光放回笔记本上。

"也就是说打电话的时候约的是晚上七点,但实际上是在晚上八点到那里,是不是把七和八听错了[①]?"

"当警察向他指出这一点时,月见里本人好像也很疑惑。他当时也说:'啊?会不会本来应该在七点和他见面,但由于我记错,迟到了一小时,而这就是我们无法达成协议的原因?'所以说,不管是七点还是八点,显然月见里和贝沼约了一个十一点之前的时间见面。实际上他也有可能八点去了事务所,然后在那个时候杀害了贝沼。"

"而且八点刚好在推定的死亡时间内。"

"一开始没谈拢,月见里就离开了事务所,他声称从九点左右开始,就在商店街的一个摊位上喝酒,喝了将近两小时。确实

[①] 日语里,7 (shichi) 和 8 (hachi) 的发音有些接近。

有几个目击者做证说他当时就在摊位上,但这并不能作为他的不在场证明。打个比方,他在八点杀害贝沼并离开现场,之后觉得很不安——虽然他在冲动下掐死贝沼,但在他的想象中,可能觉得贝沼并没有死,说不定还活着——为了确认这一点,他在晚上十一点左右又回到办公室。他发现贝沼确实已经死了,于是假装是第一发现者并报了警。我想事情大致就是这样的,这种事就算不是警察也能想到,但是……"

"难道错了吗,月见里不是凶手?"

"表面上这个问题就这么解决了。月见里辰彦因谋杀贝沼规矩雄而被捕,好像他在被拒绝顶债后起了杀意,当地报纸对此事进行了广泛报道。老师看过这个报道吗?"

"不,我没看过。当时我刚去外地上大学。东京的住处没有电视,那时候也不像现在这样,可以通过手机和电脑随时随地获取信息。我曾经常去学生街的一家咖啡店,那里有很多报纸和周刊,但我不记得见过这个报道。"

"毕竟这只是椴木当地的案件,大概没有成为全国新闻。当时我还是个高二的学生。因为还是个孩子,所以没有在意月见里被捕的消息。无论是凶手还是被害人,我一次都没见过,别说认识了。当我读到这篇报道时,只感到悲哀,有人会因为拒绝帮人还债就被另一个人杀死,真是太可怕了。"

"对,就是这样。河原井先生与这起谋杀案本来就没有什么关系。那是什么引发了你对这个案件的兴趣呢?"

"因为我见过月见里本人。二〇〇三年,在事件发生近二十五年后。还是他来找我的。"

老师瞪大眼睛,摘下眼镜,反复揉着鼻子。他吓了一跳,眼睛都没眨一下就凑过来了,表现出很感兴趣的样子。

"二〇〇三年,在阪神老虎队十八年来首次赢得中央联赛冠军的前后,大概是在九月初吧。当时我已经四十一岁了。从公司辞职以后,我当上了便利店的店长。本来母亲就经营着一家酒类商店,所以应该是我重新装修店面然后加盟大型连锁便利店的第二年吧。有一天,当我在商店后面整理库存时,站在收银台的妻子走了进来,说有个顾客想见店长。那不是别人,正是月见里。"

"那你一定很惊讶吧。"

"不,当时我只是奇怪,对这个名字我根本一头雾水。并不是因为我已经把这件事忘得一干二净了,而是我从来没有想过这是一个在二十四年前因谋杀罪被捕并在当地引起轰动的人。"

"原来如此,确实是这样的。"

"当我见到他时,感觉他已经像一个七十多岁的老人。但实际上当时月见里才五十八岁,应该还没过六十岁生日,这让我觉得他老得太快了。想必在过去的二十五年中,一定发生了很多事情。他穿戴整齐,看起来像个退休的老人,好像是在用这种装扮表示他不是一个可疑的人。"

"原来如此。哪怕散发出一点可疑的气息,河原井先生也会将他拒之门外,说不定还会打电话给警察,他应该也想极力避免这种最坏的结果。"

"事后看来,他一定是急于想见到我本人,听他讲述当年的事情。那时我不知道发生了什么事,也不知道他是谁。随后,月见里做了自我介绍,说是植松芳明让他来找我的。"

"呃,植松……"老师一边听着读音一边在他的笔记本上写道,"芳明,是吗?"

"他是我的小学同学,但我已经很久没有和他联系了。听到这个名字时,我竟然一时想不起来他是谁。当月见里告诉我,他是二十四年前在椴木中学的旧教学楼里和我一起玩的人时，我才终于回想起来，原来是他。"

"是那个关键的藏身处啊。那座建筑是在学校搬到国道北面之前建造的，而且海滩就在学校操场的前面。现在想来，防海啸的政策和这座学校真是沾不上边啊。不知是我们还是下一届的学生，好像是最后一批在老校区毕业的。"

"是的，我们中学三年级的时候搬到了地势较高的新教学楼。"

"你说你们在一起玩，就是偷偷地进入旧教学楼进行偷窥的事吧。"

"没错。"

"我和河原井先生之间的年级是最后在这个校区毕业的，也就是说学校是在一九七七年搬到新大楼的，从这一年的春天算起，老教学楼在被拆除之前整整保留了两年的时间。"

"不知道是什么情况推迟了拆迁工作，大概是在我毕业以后才开始拆的。我有点记不清了，因为防入侵措施做得不是很好，我们很容易就进去了。"

"那真是一个顽皮小孩能够无法无天的地方呢。"

"确实是这样的。在那之前，先让我说一下植松芳明的事。正如我刚才所说，他是我小学同学，我们在五六年级时是同班同学。和其他孩子一样，我们在课间休息时喜欢玩躲避球，相处得还算融洽。毕业后，我去了椴木初中。植松在县外的一所私立男校上了初高中直升课程。当时，我以为他已经和家人一起搬出去了，但事实是他自己一个人住在当地的亲戚家。我不知道当时具体发生了什么，只知道植松与那所学校的一位老师发生争执，被临时转到当地另一所公立初中。从那里毕业后他回到椴木，参加当地某私立高中的入学考试,但没有通过,最后他去了樫木高中。不清楚他是晚一年入学还是入学后留级了,总之,他比我低一个年级。"

"原本应该是同级生,但在高中时却比河原井先生低一级。"

"高二的某一天,我在镇上又碰到了他,因为我完全不知道这件事,所以很惊讶。以前的他是一个有良好教养的男孩,而再次见面有些粗糙的感觉,具体来说,他的眼睛里充满迷茫。但是即便如此,我们在放学后交流几句之后,就开始一起玩了。不记得我们谈了什么,只感觉我们相处得还不错。植松和我从来没有过任何感情上的纠纷或麻烦,也许是因为我们没有任何其他像样的朋友。"

"那么,偷窥行为只是植松和河原井先生两人之间的事?虽然这个问题听起来可能有点奇怪,但这到底是谁的主意?"

"这个地方稍微有点微妙。最初是母亲和别的主妇闲聊时我无意间听到的。母亲的一个熟人住在高密度住宅区,她以前曾因邻居的房子离得太近而感到困扰。当她在房间里换衣服时,有时会忘记拉上窗帘,一回头就会透过窗户尴尬地看到她邻居的丈夫。好在那时刚搬了家,周围没人居住,也就不用担心这种尴尬的事了。但与此同时,又会担心这片区域的治安不好什么的。她们聊的都是这种没什么重要内容的话题。当我和植松滔滔不绝地讨论这些话题的时候,突然脱口而出:'说起来美由纪老师……'"

"美由纪老师?"

"蛭田美由纪,我们上六年级时调过来的,是樫木第一小学的教师,老师你可能不认识她。一九七九年她好像刚毕业,二三十岁的样子。"

我就这么随便一说便糊弄过去了,并没感到有什么不妥。她已在五年前去世,享年六十五岁。最重要的是,我不认为她的确切年龄会影响这件事的主要情节。

"说起来有人曾经告诉我,美由纪老师住在旧校区实践教学楼对面的公寓里。这正是我前面提到的比较微妙的事。我已经忘记当时是植松还是我,提到了关于她的住址的流言,也有可能是我们俩碰巧都知道这件事。"

"原来如此。如果潜入已经废弃的旧教学楼,或许可以通过窗户看到蛭田美由纪的私生活,比如她换衣服什么的吧。"

"我们偷偷溜进旧校区的实践教学楼,本来没有期望能发现什么,只是图好玩而已。然后,从二楼的窗户,我们可以看到马路对面的木质公寓楼。美由纪老师住在二楼的尽头,可以透过音乐教室旁边裁缝教室的窗户看到她的房间。植松和我都认为我们可能中大奖了,于是我们带着望远镜、晚饭和其他物品潜入裁缝教室,开始等待夜晚的到来。起初,它更像是一个幼稚的秘密基地,但最终我们却沉浸其中。"

"这么说偷看的次数还挺多啊。"

"虽然都是二楼,但旧教学楼可能要高出公寓楼半层左右的样子。虽然有一点高,但从上往下俯视公寓内部却是相当好的视角。可以很清楚地看到榻榻米上的床铺上,美由纪老师和一个男人抱在一起。"

"也就是说,窗户上没有挂窗帘?"

"有窗帘,但在我记忆中,窗帘从来没拉上过……直到那个事件爆发。要么是因为窗外除了废弃的房子外什么都没有,所以她觉得安全,要么就是她并不关心是否有人偷看。总之,对于一个十七岁左右的小鬼来说,这是相当刺激的事。即使是穿着衣服拥抱都很让人激动,更何况一对男女赤身裸体地互相抚摸……"

"我稍微确认一下,这个蛭田美由纪是小学老师,可能还是单身,独自住在那个公寓二楼尽头的一个房间里,经常带男人回来。可以这样粗略地理解吧?"

"没错,事情就是这样的。这种情况几乎每天都在发生。每天的时间都有一些变化,但通常是在八点到十点之间,最迟在晚上十一点左右。当时我是一名高二的学生,家长也一直管得严,所以我为了想办法溜出去可谓费尽心机,比如回房间假装睡着什么的。"

"确实,如果不是那种黄金时段,而是树和草都睡着的深夜,那就还好。"

"就是啊,那样的话还比较方便,但八点是一个非常微妙的时间。现在回想起来,美由纪可能是考虑到第二天的工作安排,才在晚上那个时候和人见面,但我想在那个时间从家里出发,总是很着急。有好几次,终于在九点左右溜进老教学楼,却发现好戏都快结束了。在那种时候,比我先到的植松会取笑我,说我今天错过了一场好戏。现在说起来感觉很蠢,但当时的我,急切地想把那个场景尽可能长时间地烙印在脑海里,哪怕只是多一分钟或一秒钟也好。"

"不,不,不,所有青春期的男孩都会很兴奋。现在的话大概会用手机来拍视频。"

"植松和我但凡有一点摄影的知识,肯定会进行拍摄的。但遗憾的是,我们没有相关的知识或者设备。当时那个时代,家庭录像机也还没普及,我们充其量只会带上望远镜。"

"她带回来的总是同一个男人吗?"

"是的,对方比美由纪老师年轻。哦,对,他比我大两岁,所以他和老师你一定是小学和初中时的同级生。他叫赞井茂治，你认识他吗？"

"赞井啊，我知道，我知道。他在我们年级中有点名气。"

突然微笑的老师让我觉得有种说不出来的奇怪感觉。他应该不只是知道这个名字那么简单，感觉他一直在等待这个名字的出现，就像计划好的一样。但这也有可能是我想多了。

"我当时应该是初中三年级，嗯，是在一九七五年夏天。我不知道你是否还记得，当时椴木下了一场破纪录的大雨，居民区被山洪淹没，损失惨重。"

"经你这么一说才想起，确实有过。"

"当时，一群初中男生因为在关键时刻救出一位独自在家中的老太太受到表彰。我忘了是警察还是消防局，还给他们送了一封感谢信之类的东西。赞井茂治就是其中之一。初中毕业后，他进入日本陆上自卫队高等技术学校学习，成了一时的话题。"

"更确切地说，是改制前的日本陆上自卫队少年技术学校。不知道是家庭还是其他的原因，赞井选择了一条能让他获得高中文凭和工资的道路。但他不到六个月就回到椴木，要么是因为他无法忍受寄宿学校的严格训练，要么是因为他一开始就不打算成为一名自卫队员。"

"哎呀，明明和他不是同学年，河原井先生知道得还挺多，是调查过了吗？"

"是植松做的调查。在偷看的同时，他不禁对这位与美由纪老师发生关系的男人的身份感到好奇。他想知道，一个乍看之下并不比自己大多少的年轻人是如何得到她这样成年女性的芳心的。他查出来对方是一个叫赞井茂治的人，而且比他大两届。这样一个既没上学也没固定工作，就连谋生方式都不为人知的人，却和这样漂亮的女人玩得如此开心。他一想到这些就十分恼火。啊，我以前都没注意到，现在仔细回想起来，我父亲可能也教过赞井。"

"哦？我前几天听你说过，你的父亲是初中的美术老师，他在樵木初中工作过吗？"

"是的。在我入学的前一年，他被调到另一所学校。也不知道是真的还是假的，我听说在过去，如果公立学校的老师和学生有亲戚关系，就会在学生就学期间被教育局调到其他学校去。"

"你父亲在你入学的前一年就调往另一所学校，这意味着在赞井上初中一年级时，他还在樵木初中任教。那你父亲一定也教过我。我记得美术老师姓河原井，名字是安夫？嗯，非常抱歉，实在是想不出来了。我连高中的老师都不记得，更别说初中了。"

"确实是这样的。我甚至不记得我高中老师长什么样子，叫什么名字。啊，稍等一下。"

我站了起来，两只手里都握着纸杯。两个杯子都是空的，因为老师也喝了，看起来应该是沉浸在谈话中而不自觉地喝了。更加有趣的是，他似乎没有意识到自己的脸颊已开始变红。

我让津端小姐重新送来两杯啤酒，当其中一个杯子放在老师面前时，老师似乎也没感到有什么不妥。在这种情况下，我都不知道是否需要提醒他此事。应该没什么事吧？即使不能开车，也可以找一辆出租车或找代驾回家。

"前面的铺垫可真是够长的，现在开始进入正题。我们的年轻气盛与贝沼规矩雄被害事件以一种奇怪的方式交织在一起。正如我之前所说的那样，应该是六月的一天，晚上八点左右，我像往常一样离开家，潜入旧校舍，在实践教学楼二楼的裁缝教室与先来的植松会合。植松已经拿着望远镜将窗户霸占了，我立刻知道赞井肯定也到了。"

"他们二人应该正热火朝天吧。"

"不。比较少见的是两个人都穿着衣服，不知在聊些什么。而且，正当快要有那种氛围的时候，突然来了一个电话。"

"啊，电话？"

"当然，电话铃声是传不到我们这儿的。接电话的是美由纪老师，不知为何，我感觉她十分不安。虽然用望远镜很难看到细微的表情，但是在榻榻米上盘腿坐着的美由纪老师突然用一只脚撑着站起来，抬头看着天花板，那是一种极不平静的情绪。她大概就这样讲了五分钟，接着粗暴地放下话筒，像演戏一样张开双臂，似乎在对赞井说着什么。"

"赞井是什么反应？"

"赞井也用戏剧般的动作耸了耸肩。虽然我看得不太清楚，但看起来好像在平息她的愤怒。然后，赞井突然消失了。"

"消失了是指？"

"从我们的视野中消失了。一开始我们还以为他去厕所了，但之后就再也没回来。在这段时间里，美由纪老师换了衣服，穿上睡衣准备休息。我想，今晚肯定什么好戏都没有了，赞井或许就那样回去了吧。"

"从偷窥者的角度来看，这确实是非常令人失望的。这种事之前经常发生吗？"

"哎呀，在我印象中是没有的。美由纪老师一个人的时候另当别论，一旦赞井来了，就会毫无例外地上演一出好戏。就像老师你说的那样，这非常令人失望。植松和我都觉得这次是不行了，今天不是很走运，正准备回去的时候……"

"但是你们并没有回去。"

"这次突然出现了其他人。不是赞井，而是个女的，呃，按照什么顺序说明比较好？在这个时候，植松和我完全不知道这个女人的身份。姑且不论植松是否知道，至少我连她的脸都没见过。直到二十五年以后，我才知道她是谁。所以，把她当作神秘人来继续讲下去会好一点吧。还是……"

"出现在房间里的是贝沼规矩雄的夫人，这件事在这里说清楚了才不会让人感到混乱。"

"哦，不愧是老师，很敏锐嘛。"

"如果偷窥和谋杀案有关联的话，大概就在这里吧。虽然比你先说出来很对不起，但是贝沼夫人访问蛭田美由纪公寓的时间，正是贝沼规矩雄被杀的那天晚上。"

"是啊，确实是这样的。"

"也许贝沼优子的不在场证明是这个案件的关键。既然有这样的铺垫，我问一个不太礼貌的问题，这两件事真的发生在同一天吗？你应该知道我为什么要提这个问题，因为河原井先生说过，不记得案件是一九七九年的六月还是七月发生的。尽管如此，我还是有些奇怪，虽然不知道案发的时间，却能够断定这和贝沼规矩雄被害是同一天。如果从当时就认识到双方之间的关联还好，但你却说自己连那晚目击到的女子是贝沼夫人都不知道。"

"你的提问很合理，但我可以自信地如此断言。因为那一天，《随心警察》这部当时很受欢迎的警察剧在椴木取景。"

"啊。对，当然。是的，我当然知道。大概是八十年代的时候吧，大学暑假回家后，父亲买了VHS[①]的录影带。一开始给我看的就是亲戚的婚礼仪式和《随心警察》在椴木取景的那一

[①]家用录像系统，英文 video home system 的缩写，是由日本JVC公司在一九七六年开发的一种家用录像机录制和播放标准。

集。啊，好怀念。在东京发生的抢劫杀人案件中，被诬陷的那个男人的恋人是保冈美帆饰演的。有一幕是她将成为逃犯的男友藏在自己出生的故乡，在椴木的一家商店的仓库里。"

"那个有名的女演员在乡村拍摄的样子不仅出现在电视新闻上，当地报纸也广泛报道过。我也是保冈小姐的忠实粉丝，所以并没有把第二天刊登着她笑脸照片的晚报丢掉，而是珍藏了起来。前一天发生的贝沼规矩雄被杀案件也在同一版面上被报道了。如果没有电视剧取景的话，在月见里辰彦来见我之前，我本来是完全不知道这起杀人案的。"

"原来如此。啊，我也买了保冈的写真集。没想到能在这地方遇到有同样爱好的人。保冈大概也是在十四五年前因病去世的。哎呀，真是的。越是上了岁数，就越能深切地感受到时代的变化。"

"回到正题，美由纪老师给突然来访的女子端茶。那时，我们完全不知道两个女人是什么关系，以为只是女性朋友过来闲聊。美由纪老师因此特意拒绝赞井并让他离开，对于偷窥的人来说，这是一个无趣的场面。今天晚上是真的没好戏看了。植松和我这次真的想离开了，但那时……"

如果这一段叙述过于戏剧化，反而会变得很虚假。想到这里，我没有压低说话的声音，而是继续平淡地讲下去。

"接着就发生了让我感到吃惊的事情。我想美由纪老师大概是想换一杯茶，她转身变成跪姿。这时，那个女人迅速弓着腰站起来，绕过矮桌，靠近美由纪老师的背后，然后挥舞着什么东西。具体是什么东西我不太清楚，但是美由纪老师好像被打了，啪的一下，全身抽动，然后向前倒在榻榻米上。"

老师吃惊地张着嘴，一动不动地盯着我。他手上的圆珠笔停了下来，就像时间停止了一样。

"那个女人又扑到美由纪老师的背上，拿出一根绳子状的东西，从后面缠在美由纪老师的脖子上，迅速勒紧绳子。然而，这个动作在下一刻却停止了。我想知道到底发生了什么，但当我盯着看的时候，那个女人慢慢地抬起头……隔着窗户，盯起对面的旧教学楼。"

"你们在偷看的事被发现了？"

"当时我们就是这么想的，真是吓了一跳，感觉糟了。我甚至有种错觉，就是她的眼神通过望远镜和我对上了。但是，那个女人之后什么都没做，就是待在那里。"

"嗯？"

"现在想来，那个女人之前完全没有意识到窗帘没有拉上。因为看到美由纪老师露出破绽，所以不顾一切地向她袭击，想要杀了她。但当她注意到从外面可以看见整个房间内的景象时，突然感到害怕——我想应该是这样的。就在这时，赞井再次出现，这也让我们越来越困惑……"

"也就是说，赞井那天晚上并没有回去？"

"我们原以为他肯定回去了，但看起来好像和我们想的不一样。后来植松夸夸其谈地给我解释那到底是怎么回事。简而言之，这可能是一种三角关系。赞井脚踩两条船，那个女人应该也是他的情人。也许只是一时冲动，但她最终还是来到美由纪老师的公寓试图捉奸。"

"照这么说，在此之前给公寓打电话的可能是……"

"可能是贝沼优子打来的。她给美由纪老师下套，说赞井现在就在你那儿吧。美由纪老师就说他没来，怎么可能会来。当美由纪老师感觉优子可能会直接过来时，她让赞井躲在厕所或浴室里，然后开始装傻。在被女方叫出来之前，赞井打算屏住呼吸躲在里面。等意识到两个女人打了起来，他才匆忙地跑了出来。"

"赞井冲出来，然后呢？"

"他把那个人从美由纪老师身上拉开，摇晃起她的身体。我隐约听到有很大的声响。他用手搂着美由纪老师的头部，拼命护着她，似乎想介入她们之间，让两人冷静下来。"

"蛭田美由纪遭到殴打，差点被杀掉，于是赞井决定自己来解决此事……嗯。"老师抱着胳膊不停地摇头，"那最后到底怎么样了。"

"应该是冰袋吧，他一边把那个东西放在美由纪老师的头上一边处理这件事，三人聊了一会儿。虽然场面不是很激烈，但在远处也能感受到紧张的气氛。"

"可能说了一些类似的话：如果再这么闹下去，邻居可能会打电话给警察，如果把事情闹大的话大家都很麻烦，趁现在还没发生什么大事赶快收手什么的，是吧？"

"大概是这个状况。我不知道他们达成了怎样的共识，但那个女人最终离开了房间，我们完全看不到她的身影了。"

"那时大概是几点？"

"啊，因为根本没有时间看表，所以记不太清楚了，应该已经过了十一点。之后美由纪老师和赞井两个人单独聊了几句，直到零点过了几分才关灯。"

"也就是说赞井那天晚上住在她的房间里？"

"不，他回去了。房间关灯后，公寓和旧教学楼之间的路上出现了一个影子。在微弱路灯的照射下，出现了赞井的身影。他抬起头看了看美由纪老师家的窗户，然后就离开了。"

"什么？稍微等一下。"老师松开了交叉的双臂并瞪大眼睛，

"那是他惯常的回家路线吗？回家路线这个说法也许有些奇怪，但在河原井先生的故事中，都没有关于赞井或是蛭田美由纪进出建筑物的描述。大概是因为公寓的大门在道路的另一侧，而旧教学楼这侧则进入死角吧，反正在我听上去大概是这样的。"

"正如你所说，从我们潜入的裁缝教室的那个位置，是无法看到进出建筑物人员的情况的。即使是赞井，也只有当他出现在美由纪老师的房间里，我们才能确认是他来了。换句话说，如果房间里的灯是关着的，就无法判断完事后的赞井到底是留在那里还是离开了。平时也都是这样的。"

"然而，就在那天晚上，赞井绕到建筑物后面，走的是旧教学楼前面的路，然后才回家……这又是为什么呢？"

"虽然我们当时就感到有些不对劲，但并没有想太多。显然那个时候，我认为这种偷窥行为已经被对方知道了。因为从那天晚上开始，美由纪老师房间的窗帘就一直拉着。"

老师将伸直的两腿跷成二郎腿，整个人向后仰去，皱着眉头，抚摸着下巴。他的眼神看上去飘忽不定。

"当然，作为好奇心旺盛的青春期男孩，我们并没有立即放弃，而是试图坚持一段时间，虽然今天不行，但明天可能行——可这并没有实现。美由纪老师房间的窗帘再也没有打开过。我们偷偷溜进旧教学楼的秘密游戏也在那时结束了。"

没错，我们停止偷窥并不是因为暑假开始，也不是因为有了其他的兴趣。我内心苦笑着——只是因为目标消失了。

"果然，贝沼优子之所以在掐死蛭田美由纪之前停下来，是因为她发现有人正在偷看。姑且不说是被谁目击了，如果有人报警的话就会很麻烦，于是在处理美由纪伤口的同时，三人商量了解决方案。因为不想让你们知道她们注意到了偷窥行为，所以没有立刻拉上窗帘。但赞井无论如何还是很在意被偷窥这件事。他回去的时候特意绕到建筑物的后面,不是为了查看美由纪的房间,而是为了看清旧教学楼的情况。"

"应该是这样的。之后,我因为一时兴起,又潜进好久没去的旧教学楼里,发现住在公寓尽头房间里的住户已换成了别人。美由纪老师好像搬到了别的地方。等到我要高考的那年,我们两个一起行动的机会就减少了。先一年毕业的我,之后就和植松完全疏远了。当然,那天晚上美由纪老师房间里发生的事情也完全被推到遗忘的边缘……直到二十四年后,月见里辰彦来找我。"

"月见里说过,河原井先生的事是植松告诉他的吧。他和植松是什么关系啊?"

"据说那个时候,两个人都住在大阪。因涉嫌杀害贝沼规矩雄被捕后,月见里在狱中服过几年刑,至于为什么出狱后会在大阪生活,具体我也不清楚。尽管我曾经和植松一起行动过一段时间,我也不清楚他高中毕业后的去向。但显然他也搬到了大阪,然后在他常去的弹珠店偶然认识了月见里。虽然他们的年龄相差很大,但他们都来自榠木,因此意气相投,还偶尔一起去喝酒。"

"这真是非常奇特的遭遇啊。"

"也不知道榠木中学的旧教学楼是怎么成为话题的,植松把偷窥这件趣事讲给了月见里。一开始他只听到部分内容,就是一个年轻女老师晚上带一个男人到公寓的房间里。直到这个故事讲到,有一天晚上,美由纪老师差点被一个前来拜访的女人杀害,月见里才表现出十分惊讶的样子,还说:'喂,这又不是低级的午间剧或悬疑剧,不管怎么说都太夸张了。'"

"嗯,这才是正常的反应。"

"然而,当听说那个女人就是贝沼优子时,月见里突然……"

"什么？稍微等一下。袭击蛭田美由纪的女人是贝沼夫人这件事，河原井先生应该不知道吧？至少在那个时候是不知道的。也就是说，植松他知道？"

"当然，目击勒杀未遂现场的时候植松应该还不知道。在那之后，也不知道他是否因为在意此事从而进行了调查，还是偶然知道了些什么。总之植松说那人一定是贝沼优子。月见里很吃惊，问那是什么时候的事。植松虽然不记得具体时间，但能确定的是，那天是《随心警察》在樱木拍外景的日子。听完后的月见里……"

"想必他肯定觉得此事难以置信吧。毕竟这是他在'贝沼建筑设计事务所'杀害贝沼规矩雄的日子。在同一个晚上，几乎在同一时间，在一个完全不同的地方，贝沼优子试图杀害一名年轻的女教师……那么，这真的只是巧合吗？"

"也许老师想象的情景也曾出现在月见里的脑海中。植松被迫告诉他更多关于公寓居民的信息，但除此之外他什么都不知道了。作为一起偷窥的人，或许我还知道其他什么事。得知此事的月见里特意从大阪回到遥远的故乡樱木，就是为了来见我一面。"

"一定是一心想要找到能证明自己无罪的线索。啊，不好意思，我又多嘴了。"

"月见里向我坦白说他只是发现了贝沼规矩雄的遗体，绝对没有杀人。被冤枉而判刑的事虽然无法挽回，但到现在他依旧想洗刷冤情，因此希望我能说出更详细的内容。但即使他苦苦哀求，我也不比植松知道更多的内情。相反，植松可能更熟悉这些情况，毕竟他知道那个女人的身份是贝沼优子。即使我这样说，并希望月见里能够接受，他也没有轻易放弃。无奈之下我只好跟他继续往来，但就在这段时间里，我也被这个谜团所吸引……等一下，你不觉得有什么地方很奇怪吗？"

"是有关蛭田美由纪和贝沼优子为什么会突然发生纠纷吗？"

"在那之前我从未想过，我们目睹的这一切会被指出有什么不自然的地方。准确来说，一个高中生可以很容易地窥视独自生活的年轻女性的隐私，这件事本身就很奇怪。"

"蛭田美由纪把赞井茂治带进房间的时候，总是把窗帘敞开，绝非不担心有人会从对面的废弃建筑偷看，这样做其实是故意的吧？"

"美由纪老师应该是知道的。虽然不清楚她是否知道我和植松的身份，但她肯定知道有人在偷看。尽管如此，她还是故意不拉窗帘并让我们继续偷窥，她认为可以利用这个行为来干些什么，否则也不会每次都故意不关灯。"

"是吗？对啊。我完全忘记开灯这件事了。"老师手里拿着纸杯，也许是想起自己今天是开车过来的，突然露出苦笑，看上去多少有点自暴自弃的感觉，然后他猛地喝了口啤酒，"嗯，当然，世界上确实有人喜欢在有光亮的环境下工作，但在那种情况下应该不是这样吧。应该是想通过把自己的行为呈现出来，从而吸引你们的兴趣。"

"每天晚上让我们持续偷窥，这应该是在给后面的计划做准备吧。暴露自己和男人的丑态，不拉窗帘，还开着灯，让人误认为这是一个粗心大意的人，从而借机把目击者也卷入这个计划中。她计算好时机，在一段时间后，顺势将贝沼女士推到舞台的主角之位上。"

"也就是说，贝沼优子绞杀蛭田美由纪未遂这件事，全部都是演的？"

"没错。这是一出让植松和我成为观众的狂言①。贝沼优子从一开始就没有杀美由纪老师的意思,美由纪老师也配合得很好,头被袭击后假装昏倒。优子再从后面骑上去,试图勒她的脖子。优子通过窗户看向旧教学楼,终于注意到有人可能在那里偷窥——差不多就是这样一出戏。"

"通过这一系列的表演,就能自然塑造出绞杀未遂的效果。"

"两人突然的平静和赞井中途进来将她们分开也如同剧本一样。然而,由于从我们的角度看不到赞井是否离开公寓,致使我从一开始就认为他应该躲在洗手间或其他什么地方。这正是她们计划的吧,但她们可能是想让我们以为他暂时离开了房间。原来的剧本应该是他离开房间,想起忘记了什么东西,回来的时候情况变得十分紧张,所以慌慌张张地想要阻止。"

"从这样的剧情来看,他们的目标是给贝沼优子制造不在场证明。"

"当然,但即使警察向植松和我取证调查,也不能严格证明贝沼夫人在公寓的时间是从几点到几点。但是贝沼优子确实在丈夫出事的那天晚上,在远离丈夫被害现场的地方上演了另一场闹剧,这一事实肯定会被搜查人员重视。"

"如果不考虑具体时间的话,确实可以充分利用它作为不在场证明。"

"虽然这是准备好的不在场证明,但由于月见里很快遭到逮捕,它并没有派上用场。既然丈夫被杀,身为妻子的她就不可能不被怀疑。所以警察会询问贝沼优子当晚在哪里、做了什么。面对询问,她可能首先说是自己一个人在家里。如果警察不肯轻易

---

①狂言是一种日本传统艺能,由猿乐发展而来,以猿乐中的滑稽成分为骨干洗练而成。明治时代以来,狂言与能剧、式三番并称能乐,与能剧、歌舞伎、文乐并称日本四大古典戏剧。

相信的话，自知无法掩饰的她就会透露出想杀死美由纪老师的丑闻。"

"当然，除了美由纪和赞井之外，应该还有其他人能证明此事，所以在取证调查的过程中，美由纪她们大概打算在适当的时候提出旧教学楼的问题。顺便跟警察说一句——我觉得很久之前就有人从对面的废弃房屋偷窥了，所以我想让你调查一下……然后等待警察找到目击者就行了。"

"如果以这种方式一点点地将消息散播出去，真实度就会提升，这也能保证自己证言的可信度。然而，实际上贝沼夫人独自在家的谎言很容易就被相信了。想必她应该很失望吧。"

"然而，如果他们真计划使用这样的剧本来确保贝沼优子的不在场证明，那么可以说美由纪和赞井从一开始就是她的同伙。"

"月见里在意的正是这一点。或许美由纪老师和贝沼规矩雄之间有很深的关系吧，比如说可能是他的情妇之一。"

"原来如此。首先，在这种不在场证明中要有一个大前提，那就是必须处理贝沼优子和蛭田美由纪之间的对立问题，至少从表面上看应该是对立的。"

"围绕一个男人争吵的妻子和情妇，其实背地里是串通好的。表面上看，这是一场激烈的家庭纷争，但实际上它为彼此做了不在场证明。推理小说中，这可以说是相当经典，或者说是常见的类型。可能在老师面前是班门弄斧了，但对于月见里来说，他有一个前提——也就是他不是真正的凶手。从事件发生起，他就一直认为此事应该有其他可疑的凶手。在知道植松和我偷窥的事后，他便倾向于妻子和情妇合谋的说法。"

"原来如此。原来是这样的。"

老师好像沉浸在这十分有趣的情节中，出人意料地将空纸杯扔掉,并自费买了两杯新啤酒。"不能喝太多哦,老师可是很容易醉的。"津端小姐打趣地拿来啤酒和下酒菜。

"从时间上说,恐怕贝沼优子在九点前就事先给蛭田美由纪打过电话,确认接下来要实施的计划后,便前往事务所杀害丈夫,然后直接去了美由纪的公寓,为了制造不在场证明上演了一出闹剧。月见里应该就是在自己的脑海里重新整理出了这件事。"

"我明白了。到这儿为止都很清楚。"我非常感激地接过老师递来的纸杯,"但是,就算你问我美由纪老师是不是贝沼规矩雄的情人,我也回答不上来。"

这并不是谎话。关于美由纪与贝沼规矩雄的关系,以及他们与贝沼优子的关系,我至今一无所知。我根本没有机会谈论这个话题,如果我不小心向她问起这件事,那岂不是暴露了我在年轻气盛时曾偷窥过她私生活的事了吗?毕竟每个人都有要带进坟墓的秘密,如果在这里和老师详细说明的话,之后情况就会变得复杂。

"因为有绞杀未遂事件发生,不管他们是认真的还是演戏,至少美由纪老师和贝沼优子有着不解之缘吧。但是我们必须找一个熟悉当时情况的人,才能知道有关它的详细信息。而我只不过是个过路的陌生人。"虽然想补充一句,至少在那个时候,我认为这是一件多余的事,"是这样的吧?"

"稍微考虑一下,月见里似乎也能明白,但……"

"但是,月见里不会轻易放弃。不仅如此,他还说出了更荒唐的话——'你绝对知道些什么。'"

"是说河原井先生绝对知道些什么吗?"

"是的。'不管它是否与贝沼夫妇有关,你在事件发生时绝对知道些重要的秘密。'"

"重要的秘密，好夸张的说法。"

"'不然的话，贝沼规矩雄他原本……'本来打算忍耐的月见里先生，突然抽泣起来，'也不会想着要你的命吧……'"

"你的命，啊，贝沼规矩雄吗？他想杀死河原井先生是怎么回事？"老师与其说是惊讶，倒不如说是一副茫然的样子，"这是怎么一回事啊？"

"我也很吃惊，不明白他突然在说什么。当时我只是个高中生，虽说都是本地人，但年纪完全不同，我为什么会被素不相识的贝沼规矩雄盯上？"

"是啊。为什么他会突然说出这种奇怪的话？"

"我不得不怀疑这话的真假，月见里随后的解释也十分荒唐。本来这件事的起因就是月见里要求贝沼帮忙顶债，但当时贝沼给他提了一个交换条件。"

"交换条件？"

"问他有没有帮他杀死一个人的决心。"

老师吃惊地屏住呼吸，从嘴角流出的啤酒滴落在纸杯的边缘，但老师并没有去擦拭它，整个人看上去十分僵硬。

"'如果你答应这个条件的话，我会替你偿还所有的债务。'贝沼一边说一边逼近他。"

"等一下，等一下。"老师终于擦了擦下巴，然后猛地摘下眼镜，用手背拍了拍膝盖。"一个人……谁？贝沼到底要让月见里杀谁？"

"他似乎只说是一个年轻人。如果月见里接受的话，就会说出名字和详细的来历。"

"男的，年轻的男人？"

"贝沼对月见里是这样说的：'不是说要杀两三个人，目标只有一个人。而且，杀人的地点绝不是什么显眼的地方，你大可放心。目标也是一个与你没有任何关系的陌生人，以你的本事是绝对不会暴露的。从你欠的数额来看，没有比这更好的条件了。怎么样，是不是非常简单的活？'"

"绝不是什么显眼的地方是指……"

"月见里心想根本就没有这样的地方，但是贝沼对十分抗拒的他说：'你应该知道椴木中学搬到国道北面了吧？'"

老师重新戴上眼镜，将笔记本翻到下一页，被翻动的纸张发出很大的响声。不知是不是错觉，老师的表情很僵硬。

"'那个地方就是已经废弃的建筑物的二楼。如果你能在规定的时间守在那里，到时候目标就会潜入。那人自以为旧教学楼里没有其他人，所以会疏忽大意。到时你趁机袭击他，很简单就能捂住他的口鼻使他无法呼吸，总之用你喜欢的方法做就行了。怎么样？刚才说过，只做这些就能把所有的债都还清了。这很容易吧……'"

啊——老师发出低吟声，粗暴地用圆珠笔涂黑他刚才做笔记的部分："贝沼规矩雄提出这样的建议……但是，月见里肯定不会轻易接受吧。"

"据说交涉决裂后，月见里在九点前离开了办公室。然而，巨额债务的存在使现实变得十分沉重。当月见里试图分散注意力，在熟悉的摊位上喝酒时，他觉得自己就算死了也没什么问题。正是这个时候，他觉得杀死一个不认识的人就能还清债务也不是不行。趁着这种自暴自弃的想法占据心头，他再次来到贝沼事务所。"

"那是晚上十一点左右。但是，他应该没有想过贝沼已经回家了吧？"

"他当然想到了。据说他是这样决定的，如果对方还在的话那就做。如果对方已经回家的话，就当场放弃。"

"结果他发现了被杀害的贝沼的尸体并报了警。如果是这样的经过，那我完全相信月见里的说法。那么贝沼到底打算让他杀死谁？确实，目标是一个年轻的男人，意思是说，不是两个人？"

"月见里发誓贝沼就是这么说的。如果是这样的话，那他的目标到底是植松还是我？"

"潜入旧教学楼二楼的年轻男人，而且还是一个人，你们确实都满足这样的条件。因为月见里也没想到会在这样的地方发生什么事，所以他才认为河原井先生就是贝沼要杀害的目标。"

"但是，我确实没有任何头绪。"

但是……我在心里补充道，假如这是一九八八年以后，也就是我与美由纪交往之后的事，那还能理解。有没有男女关系暂且不说，如果贝沼对她抱有幻想的话，其动机或许就是嫉妒，这是很常见的桥段。不择手段地排除接近他女人的人。但不管怎么说，在我和美由纪发展到师生以上的关系时，贝沼规矩雄早已去世了，所以这不能证明什么。也就是说，他生前和我真的没有任何联系。

"因此，植松肯定是整个事件中最重要的隐藏人物。我无法想象他到底知道什么，除了一个足以失去性命的大秘密以外，我想不到有什么其他的问题。虽然之前完全没考虑过，但仔细一想，植松知道那个要杀美由纪老师的女人的来历，这意味着当时只有我和此事没有关系。如果他与贝沼夫妇有着某种联系的话，那就不奇怪了。"

"一般来说，确实也就只有这个说法讲得通了。"

"一般来说的话，是的。"老师脸上从刚才紧张的表情转变为恶作剧般的笑容，让我也忍不住笑了起来。"但是，我想确认一件事，站在一个推理小说作家的立场上，假如贝沼的目标，非常意外的不是植松而是我的话，就必须设法将我与贝沼规矩雄用一个连我也不知道的方式建立联系。看起来是难度很高的设计，所以这里我一定要听一下老师的高见。"

虽然说得如此轻巧，但我并没有任何挑衅老师的意图。只是因为我已倾尽全部已知的情报。那么，从这里会发展出什么样的推理呢？虽然我想尽快听取老师的推理和假设，但今天还是算了吧，改天再让老师详细地推演一遍。虽然想着今天就以这种方式结束，但是……

"在那之后月见里怎么样了？"

"在那之后虽然有过几次联系，但毕竟从我这儿也得不到任何有用的信息，于是便放弃了。之后的十六年间他音信全无……"

"他对蛭田美由纪的信息不感兴趣吗？"老师那自言自语仿佛是在混淆视听，这让我感到有些不安。"河原井先生没有被月见里问过吗？像是蛭田美由纪现在在哪里、做什么，或是他想和她见个面，听听她的意见之类的。"

"我被问了好几次，像是'有什么头绪吗'。但是，我只能回答我根本不知道……"

事实上，我只能这样回答。之所以撒谎，当然是因为不想被月见里到处打听。这不是很正常吗？如果告诉他蛭田美由纪那时就在我家，只不过已经不叫这个名字了。在那之前几天，在收银台和他说过话的那个女性员工，就是我的妻子……那么会发生什么？

月见里肯定不会考虑我的境况和立场，只想从美由纪那里挖出过去的信息。暂且不说她会多配合，但我偷窥这件事一定会被揭穿。我不想让自己的日常生活受到打扰。如果月见里现在才提出同样的问题，也许我会有不同的回答，但至少妻子在世的时候，我只能装作不知道。

美由纪已经病逝五年了。夸张点说，即使现在还活着的我也时日不长了。被老师所动摇，我觉得今天是时候打开尘封已久的秘密了，但是老师提了一个令我意外的问题。

"河原井先生知道田才浩永的事吗？"

"啊？"我对老师突然提出的内容感到困惑，"田才吗？那是一个人的名字吗？"

"田园的'田'和才能的'才'，告加上三点水的'浩'，永远的'永'，写成田才浩永。"

田才、浩永……啊，最近好像在哪儿见过这个名字，但一时想不起来了。

"这人是谁啊？"

"原来如此，果然不知道。也是，如果你知道的话，刚才在说明赞井的来历时，提到一九七五年的樫木市暴雨灾害，你应该会说些什么的。"

"暴雨灾害，说的是赞井在中学时代救人的事吗？"

"当时获得表彰的中学生并不是只有赞井。有好几个，其中一个是田才浩永，和我是同龄人。"

"原来如此……"老师为什么会提到这些？"那个叫田才的男人和这件事有什么关系吗？"

"他初中毕业后，同样升入县立樫木高中，但在高二之前，因偷窃还是什么事，他主动退学了。他在成年之前，因为各种情况一直留在当地,在那之后,他为了工作全国各地到处跑。大约十年前,我因工作商谈来东京时,偶然遇到了他。"

"十年前?也就是二〇〇九年左右。老师初中毕业之后,你们已有三十三年没见了吧,这样也能互相认出来啊。"

"是他过来搭话的。在羽田机场的店里,我一边等着回家的航班一边喝着东西,突然有个声音说:'你是推理作家德增大希老师吧?'"

"啊,是吗?他是老师的读者吧。不管是自己买的,还是从图书馆借的书,都登有作者的近照。"

"好像是那样。虽然记不太清楚了,但他自我介绍说,是我在椴木中学的同班同学田才浩永,我突然就回忆起来了。这么一说,还真是有些眼熟。回忆起报纸上刊登的照片后,我大吃一惊,这种琐碎的事情,应该很久以前就忘记了,可照片又是怎么在我的脑海中重现的呢?人类的记忆真的很神奇。不过这并不重要。由于距离起飞还有一段时间,我们决定一起喝一杯。后来或许是因为他喝醉了,声音渐渐变得沙哑:'推理作家的卖点就是前因后果,虽然每天都在考虑怎样杀人,但肯定会有没灵感的时候,实际上我过去有一段有趣的经历,怎么样,听听能不能用在什么地方……'他半开玩笑地说着,似乎又在隐瞒些什么,那其实正是贝沼规矩雄的事。"

"啊,是贝沼吗?"

"是的,但实际上在那个时候他没有说出贝沼规矩雄的名字。不,也许田才说过,至少在我听到河原井先生的故事之前,我完全忘记了……田才说一九七九年贝沼规矩雄和一个可疑的男人提出了一个奇怪的要求。"

"奇怪的要求?"一九七九年……总觉得有股不祥的预感。

"贝沼规矩雄向那个叫田才的人提出了什么要求吗?"

"田才高中退学后,在亲戚的帮助下当过厨师,还干过油漆工,但都没有做很长时间。因为他改不了坏习惯,每次都给介绍人丢脸,周围的人也不信任他,所以一直找不到体面的工作。他也一点都不反省,不论做什么都是一塌糊涂,之后他被赶出家门,家人与他断绝关系。他虽然只是个未成年人,但一直在做违法的事赚钱,像是在酒吧里模仿'三明治人①'表演并担当酒吧安保来赚钱。这些消息是从一个熟人那里听来的,呃,像他这种工作现在应该算是灰色产业。"

"我也不是很清楚,像是黑社会后备人员这种?"

"可能是吧。先把叫什么放到一边,就是一个不三不四的熟人告诉他一个赚钱的机会,似乎有一位金主正在招募一群有胆量在背后下手的年轻人。虽然不知道具体内容是什么,但好像有一个面试,有人怂恿他去试一下。如果进展顺利,他可能会得到一大笔钱。"

"那个……啊,那个……"我意识到之前那股不祥的预感即将成真,"难、难不成……"

"突然想了解一下情况的田才接过对方给的电话号码。如果电话接通的话,就要回答'我是寿产业的人',这是表达自己想干这份黑活的暗号。"

我不由自主地站起来,但又被老师的话压了下去。

"我再次澄清一下,这段对话已经是十年前的内容了。我不敢保证那时候田才说的是不是真的叫'寿产业'。然而,可以肯定,用一个奇怪的暗号去事务所面试这件事是绝对没错的。如果

---

①三明治人是日本的一个搞笑组合。伊达干生负责吐槽,富泽岳史负责装傻。

是这样的话，那个金主是……"

"贝沼规矩雄……"

"或许吧，我已经记不清楚田才是不是说过那次面试的具体时间，还是只字未提时间。他和疑似是贝沼的男人见面的日期，也许就在那天晚上……"

"难不成是七点？"我不由自主地大声说道，"田才和贝沼约好在那天晚上七点见面是吗？也就是说，事务所的职员给贝沼转接的电话，对面不是月见里……"

"也许就是田才。如果是这样，让月见里晚上八点来这件事并没有听错，是真的。"

"田才去见贝沼规矩雄的时间比月见里还早……"

"我能把它称为凶手的应聘吗？和月见里一样，田才也接受了面试。面试的内容估计是能否杀死一个男人什么的。至于目标是谁，得等拿到这份工作以后才能知道，对方还告诉他因为地点是无人问津的废弃大楼，所以工作非常简单。只是，他们并没有告诉田才，那所废弃的房子是中学的旧教学楼，又或者田才当时并没有告诉我这件事。如果田才说过这一点的话，我想就算这是十年前的对话我也应该还记得。毕竟那是我的母校。"

"然后怎么样，田才拒绝了贝沼的要求？"

"他知道这应该是一份危险的工作，所以心里有所准备，但没想到居然要他去杀人。报酬似乎也远远超出了预期，但这是无论给多少钱都不能轻易同意的事。于是他答应不将具体的内容说出去，很快就离开了。然后，在第二天的新闻中，他惊讶地得知委托人被人杀害。他本以为被害者会是另一个人，但毫无疑问，案发现场就是前一天晚上去面试的那家事务所。虽然他根本不知道什么具体的事，但他知道这个人的背后肯定不简单，还很庆幸当时没有接下这个工作。当然，包括杀人面试的事情在内，自己当天在现场和被害者见面的事，就算是警察也不知情。也许因为这是很久以前的事吧，田才甚至有些轻松又得意地笑了起来。"

"竟然能在羽田机场听到这样一个疯狂的故事，老师对此怎么看呢，比方说将这段内容放到小说里之类的？"

"老实说，当时我都不清楚自己听进去了多少。就像刚才说的那样，我之前完全不知道贝沼规矩雄被杀这件事。至于十年前和田才重逢的事，到现在也忘得一干二净。但当我听到河原井先生你的故事时，又听说田才去的面试地点也是京町街的设计事务所什么的，这让我回忆起了很多事，而这些内容又有太多的相似点……不禁让我起了一身鸡皮疙瘩。"

"这样啊，没想到还有这种事……"

"啊，真是神奇的遭遇。在这种地方，一切都联系起来了。应该感谢自己能活这么久。兴许是职业病作祟吧，感觉我的本格魂受到了很大的刺激。河原井先生是怎么想的呢？"

"怎、怎么想是指？"

"对这种事肯定很在意吧，杀害贝沼规矩雄的真凶到底是谁。"

"如果凶手是月见里以外的人，那……啊！"我情不自禁地发出奇怪的声音，这让我想捂住自己的嘴，"是吗？如果来参加贝沼杀人应聘的还有月见里和田才以外的人的话……"

"没错。除了这两个人之外，还有一个人。即使有其他人前来参加应聘我也不觉得奇怪。不管怎样，总之要做的事就是杀人。因为贝沼一直在寻找那种为了钱什么都能干的无畏之人，所以才要通过介绍，专门找那种看起来嘴很严实的人。"

"最后，包括月见里在内的三个人在同一天晚上聚到一起？

我不知道具体是怎样的情况，但他们应该是在同一天晚上，在贝沼的事务所接受了面试。"

"当然，这三个人应该都不知道，除了自己之外还有其他人也接受过面试。面试是单独进行的，每隔一小时面试一个人。按时间来看的话，第一位田才是七点，下一位月见里是八点，然后……"

"九点，在月见里之后，第三个人来到了贝沼建筑设计事务所。不知道那时具体发生了什么事，但是他们之间应该产生了什么矛盾，最后那个人杀了贝沼。在那个人逃离现场后没多久，月见里回到办公室，想告诉贝沼自己的想法，然后发现了尸体并急忙报警。大概是这样的情况吧……"

"对，一定是那样的！"老师充满自信，用力点了几次头，"一定是这样的没错！"

"但是，现在重新想一下，月见里为什么那么老实地报了警？如果他立即逃离那个地方，装作自己什么都不知道的话，也许就不会被逮捕了。"

"他和贝沼协商还债的事，也不知道周围有多少人知道。不过，大家都知道月见里是个什么样的人，无论如何他都会被怀疑。也有一种可能，他自己想被抓。"

"啊，想被抓？"

"因为一旦贝沼死了，就没有偿还债务的可能了。在讨债人的紧逼之下，他感觉自己可能会有生命危险，于是脑子短路想出一个不怎么样的权宜之计，就是暂时以被捕代替逃跑。"

"原来如此。如果是这样的话，他确实有可能在法庭上不做争辩，老实选择服刑。至于他是不是这么想的我就不清楚了，必须得问他本人才行。不管怎么说，月见里从一开始就没听说过植松的事，说不定他认为凶手就是贝沼优子。"

"也许吧，但从结果来看完全不是这样的。真正的凶手应该是参加杀人应聘的第三个人，所以不可能是贝沼优子。"

"从某种意义上说，如果可以设定一个到目前为止还没有出现在舞台上的第三者，那么真相就会不可避免地被误导……不，如果是老师来写的话，贝沼优子是不是就没必要制造不在场证明了？"

"是这样的。不知道她平时是否对丈夫抱有杀意。但是，我不认为她会计划杀死丈夫。"

"但如果是那样的话，植松和我目睹的那一幕到底是怎么回事呢？真的就是……真的就是贝沼优子差点儿杀死美由纪老师，就是这么简单的事吗？"

"一定是那样的。但从动机来看，是不是围绕丈夫的三角关系还不确定。"

"确实，两个女人之间可能有别的争执。我们只是偶然看到了这次……"

"不，河原井先生，这点就不对了。这绝对不是偶然的。"

"啊？"

"蛭田美由纪应该知道植松和河原井先生从旧教学楼的窗户偷看自己房间的事。"

"果、果然还是？"

"正因为她知道此事，所以才故意拉开窗帘并打开灯，然后与赞井发生关系。但这绝不是与贝沼优子共谋制造的不在场证明，她应该有其他的意图。"

"那是，什、什么……"

我无意识地将身体前倾，脸上依旧露出可怕的表情。老师有点惊讶，然后又有点害羞地笑了起来。"我必须说明，这只是一个猜想，如果我把它当作小说主题的话，应该会考虑这个方向。"

"当然，这次的目的本来就不是查明过去事件的真相，主要是给老师的创作提供一个小素材。对内容进行各种程度的调整，或者按照老师的风格去创作也是理所应当的。这样一来，老师应该很清楚整件事的全貌了吧？"

"虽然不是全部，但至少重点被我找到了。"

"我完全没有妨碍老师写书的意思，只是，能否在适当的范围内，透露一些内容给我？如果不是为了制造不在场证明的话，美由纪老师到底为什么让我们偷窥……"我注意到这个说法有点不太自然，急忙开起玩笑，但听上去有点紧张，"难不成她是暴露狂，应该不是这样的吧？"

"听了河原井先生的话，我有无法理解，或者说是无法释怀的部分。"

"哪个部分？"

"赞井茂治和蛭田美由纪的男女结合。"

"这话这么说？"

"说是搭配也好，结合也好，难道不感觉有点奇怪吗？"

"到底是怎么回事啊？"

"首先，女人比他大十岁。当然，当时美由纪的年龄为三十岁左右还只是推测，如果两人之间真有这样的年龄差，那么这样的情况在这个世界上确实还不少。"

我感觉受到了嘲讽，但这应该只是我的被害妄想症。

"但值得注意的是她的职业。小学教师是那种正经到不能再正经的职业吧，而赞井是一个连固定工作都没有的游手好闲的人。这样的两个人到底是在什么地方、以什么方式接触的？我说得没错吧。这便是我最关注的地方。"

到目前为止，我从未想过这样的问题。

"假如赞井曾经是她的学生那还可以理解，但这种事又没有机会发生。因为他和我是同学，所以美由纪到第一小学就职的时候，他早就毕业了。"

"被你这么一说，确实……"出于职业的原因，老师的着眼点与我不同，同时一种从未有过的兴奋让我激动得颤抖。"两个人到底是在哪里、怎么认识的呢？"

我与美由纪熟悉起来正是因为我曾经是她的学生。大学毕业后，我在一家贩卖复印机等大型办公器材的销售租赁公司找到了一份工作，在一九八八年的秋天，也就是隔了将近十三年，我再次遇到了美由纪。那时，她已辞去教师的工作，在亲戚经营的书店里帮忙做会计。

因为工作关系，在前往那家书店安装文字处理机的时候，我立刻就认出眼前的女性是美由纪老师。四十多岁的她，发型之类的特征已发生改变，相貌和以前相比更是大不一样，浑身散发成熟女性的味道。在那里，我将她和赞井在公寓房间里的痴狂形象重叠，内心变得奇怪而燥动。十三年是自我小学毕业开始算的，确切地说，这是九年来我再次看到她迷人的娇媚形象。

当然，面对这样的她，我不可能说出自己过去的偷窥行为并对其忏悔。我只是简单地打了招呼，说我也是樱木第一小学的毕业生，得到过她的照顾。其实我们只在六年级那一年有过交集，因为她不是班主任，所以她应该也不会记住。反正我是这么想的，实际上美由纪似乎对我的名字也确实不太熟悉，以此为契机，我们克服了一轮以上的年龄差距，最终结婚了。缘分真是神奇的东西。

根据自身的实际经历，我认为男女之间什么样子的关系都有。从这个意义上说，美由纪和赞井的组合本身并不奇怪，但——

"你可能会怀疑这件事对有些人来说并不是什么稀罕事吧？"老师好像回应了我心中的想法，继续说道，"当然，即使以前不像现在这样，有约会网站或者便捷的通信工具，但无论同性还是异性，寻求伴侣的人也有很多方法相互认识。只要彼此的需求一致，无论年龄、职业，还是生活方式之类的，任何组合都是可能出现的。"

"的确是这样的。"

"但是，如果是一对正常交往的情侣，他们在自己的房间里约会，肯定会做一些习以为常的事。我对蛭田美由纪和赞井茂治的组合感到最不协调的正是这一点。他们每次都喜欢打开窗帘，就像是在展示自己的暴露狂爱好一样。说得更深入些就是，正因为他们不是一对正常交往的情侣，才会做出这种不正常的事吧？"

"嗯……这，确实是呢。"

"河原井先生也许会对这种疑问感到些许逻辑上的跳脱。但仅仅说他们是有这种爱好的人，会有种说不清的不协调感，如果再深挖下去，就会产生一种假设，也就是说，这对情侣的感情，不一定是建立在双方情投意合的基础上。"

"这是什么意思？"

"比如说，女的其实很讨厌这个男的，但是出于某种理由，不得不和他交往。"

"啊，所以美由纪老师每次都故意把窗帘拉开，或者把灯一直开着吗？期望这种情况能使赞井感到不安，久而久之他就不会再来了?"

"原来如此。确实还有这种可能性,我完全没想到。这种想法很有趣,可以用来做点什么,不过暂且先把它放在一边吧。"

老师一本正经地张开双臂,并向后方伸去,就像是在推什么东西一样,看起来是喝多了。虽然这个举动很搞笑,但我却笑不出来。

"那我们就假设女方这边不是出于爱意而是出于无奈,不得不与男性发生关系。具体的理由只能靠想象,但首先想到的可能性是美由纪被赞井抓住了什么把柄。"

"把柄……"

"实际上,美由纪应该有些难言之隐,她压根儿就不想见到赞井的脸,如果可以的话,她甚至会拒绝他每晚都过来的下流请求。"

"这到底是什么呢……"

"只能靠想象了。如果我写成小说的话,有个很好的题材可以利用,就是赞井他们中学时代救人的故事,可以利用这个故事来发展。"

"那,情节应该怎么展开呢?"

"像是被救出的那位即将被洪水淹没的老妇人实际上是蛭田美由纪的亲戚。"

啊——我不由得呻吟了一声。

"例如,那位老妇人是蛭田美由纪的祖母。在这样的情况下,赞井就有恩于她。即使她被邀请约会,也不能轻易拒绝。她本想着就是吃顿饭什么的就前去赴约了,结果到最后反被赞井的节奏控制,回过神来时两人已经有了肉体上的关系。"

老师的语气显得悠然,毫无紧张感,但却让我有了生理上的厌恶。

"本以为睡上几次就会心满意足地离开，但赞井却完全沉浸在丈夫的角色里，不厌其烦地来找她。美由纪避之不及，开始盘算着能不能把这个男人赶走，但是总想不出一个好主意。就在她烦恼的时候，她注意到有人从对面的中学旧教学楼的二楼偷看她的房间。"

老师似乎是找到了将两件事结合在一起的说法。"不拉窗帘或不关灯只是偶然的，至少一开始没有任何意图。身处二楼的她没想到会被偷看。当注意到有人从本该没人的旧教学楼中偷看时，通常情况下，她以后就应该不会忘记拉上窗帘。但美由纪没有，这是为什么呢？因为她觉得可以好好利用这件事。"

"可以利用，是指被我们窥视吗？那是……"本想继续说下去，但我突然发不出声音了。我自己也感到困惑，突然有种不祥的预感。

"不是已经说过了吗？她一直在绞尽脑汁想着能不能把赞井打发走。目的只有一个，就是赶走这个碍事的男人，仅此而已。"

"为此……你说利用我们的事，就是指这个？"

"每天晚上只要故意不拉窗帘，你们就会被这个诱饵吸引到旧教学楼来。美由纪确定了你们这个日常行动后，在此基础上，找到合适的时机告诉赞井。"

"告诉？把什么告诉赞井……"

"'喂，你注意到了吗？总觉得最近好像有人从那边的窗户一直看着我们……'"

"她跟赞井说了这些吗？然后怎么样了？他们是不是在说：'嗯，真的吗？这样的话，以后做的时候不要忘了拉上窗帘。'然后就结束了？"

"这还不够。美由纪趁机给赞井灌输：'一想到自己害羞的样子一直被人窥视，就感觉不舒服，你能不能想办法把坏人抓起来？'"

"坏人，也就是我们？"

"心急如焚的赞井想把偷看的人当场抓住，于是前往旧教学楼。当然，美由纪是不会去的，只是让赞井一人过去，但那时在那里的不是植松和河原井先生。"

老师平淡地叙述着，但我却陷入错觉之中，好像在观看一段过去没有发生过，却又相当真实的影像。我紧张地屏住呼吸。

"实际上，美由纪打算在你们离开教室后再让赞井进入旧教学楼，装作好色之人还在那里一样。赞井在美由纪的教唆下前往教室，那又会是谁在等待着他的到来呢？那是美由纪暗中指使的刺客。"

"刺、刺客是……"我不能马上想起这个单词的汉字，"难道说？"

"没错，美由纪原打算让刺客潜入旧教学楼，并让他杀了赞井。"

"但是，谁会为美由纪做这种可怕的事呢？"

几秒钟后我才反应过来，自己不小心直呼起已故妻子的名字，但老师似乎没有注意到这一点。

"应该有其他人卷入其中。这个谋杀计划从一开始就有人参与。没错，就是这样的，蛭田美由纪和贝沼规矩雄在这里联系起来了。"

我嘴里就像沙漠一样干燥，黏膜和黏膜粘在一起，感觉快要窒息了。我突然看见纸杯中还剩下一半不见泡沫的啤酒，但我并不想拿起它。

"美由纪求贝沼帮忙。不，帮忙一词太温和了。如果两人之间关系近到能让他不得不听从如此荒谬的指令的话，那么正确的说法应该是'她在命令贝沼'……让他去杀掉赞井茂治。"

虽然我从未见过贝沼规矩雄，可不知为何，他的脸却隐隐约约地浮现出来。就像电影场景一样，美由纪在和他对峙。

"由贝沼优子绞杀未遂一事可以推测，美由纪与贝沼之间应该有着不正当的男女关系。但还不足以判断，仅凭这样的关系是否就能提出杀人这种极端的要求，保不准是美由纪掌握了贝沼在性爱上的变态嗜好这种决定性的把柄。而这方面就只能靠小说似的想象力来脑补了。当然了，即使贝沼处于弱势，也不会轻易接受这种事。他应该会抗拒，表示'我才不会去杀人呢'。然而美由纪却不断挑唆他：'虽说是杀人，但也没什么大不了的。只不过是处理一个毫无防备的潜入废弃房屋的男人，没有任何难处，而且在杀死他后也不用处理尸体，把尸体留在那里就行……'"

"什么？留在旧教学楼里？"

"假设一切都按美由纪的预期顺利进行，那么接下来会发生什么呢？在她的教唆下潜入旧教学楼的赞井被潜伏在黑暗中等待的贝沼杀害。贝沼将尸体留在那儿并离开后，美由纪计算好时间报警。原因就算我不解释你应该也很清楚。没错，不管有多少人知道赞井经常出入她的公寓，也没人能预测他的尸体将以何种形式在什么时候被人发现。"

"按照一般思路，那些正在偷窥的人——也就是我们，迟早会发现尸体……但会不会报警就不知道了。因为害怕自己非法入侵的行为被问责，我们可能就当什么都没看见了。"

"正是如此。由于弃尸被发现的时间不确定，很难预测受害者生前的交友关系会被查到多少。除非已经化成白骨难以识别身份，如果警方能确定这就是赞井茂治的话，那么与他有关系的人员必然会被调查。美由纪为了避免事后招致不必要的怀疑，肯定会向警察如实供述。她会说：'刚才我的男朋友为了抓住偷窥隐私的坏人，去了旧教学楼的教室。但不知为什么，过了好久都没有回来。'"

从我口中发出的不是声音，而是一团空气。上气不接下气的我，像是忘记了如何正常呼吸一样。

"美由纪担心发生了什么，便拜托警察帮忙调查一下，接着就会在旧教学楼内发现赞井的遗体。通过激烈的打斗痕迹可以看出，这很显然是他杀，然后警方就会顺理成章地怀疑在现场进行偷窥的人。通过搜查，那些在夜间潜入无人教室的人的身份迟早会变得清晰，而且……"

"查明来历后，我们会被警察怀疑……是这样安排的吗？"我的声音颤抖得如哭笑不得一般。"植松和我跟来到旧教学楼抓偷窥狂的赞井发生了争执，在争执中，我们实施暴力杀死了他……警察会这样怀疑。美由纪老师打算让植松和我成为嫌疑人。"

"那就是她的目的。让你们窥视自己的性行为，以此来引诱你们。"

"就……就认为赞井这么碍事吗？"

美由纪的杀意，以及痛切的憎恶之情令人震惊。而且这不仅是在针对赞井，好像也是针对我自己。这种像火一样烧遍全身的错觉，使我差点儿叫出声来。

"当然，美由纪并没有掌握植松和河原井先生的身份，不知道这些色情狂是谁。她想着推给贝沼的话，等搜查时自己也不会被怀疑。但是她的计划受挫了，因为怀疑丈夫有外遇的贝沼优子来到了她的公寓。我不知道她们之间是如何认识的，或者说不定优子和美由纪本来就认识。"

"也就是说，贝沼夫人殴打并想勒死美由纪老师，并不是在演戏？"

"贝沼优子是真的想杀了美由纪。被掐住脖子的美由纪一边反抗，一边慌慌张张地向她透露，有人在对面的废弃房屋里偷看。所以，差点儿施暴的优子才停手了。"

"啊。是、是吗？贝沼夫人之所以停止犯罪，果然是察觉到有人在对面窥视。但不是她自己注意到的，而是美由纪老师告诉了她。"

我从一开始就被卷进滚滚乌云里。在不知不觉间，我被困在一种奇妙的兴奋感中，应该是在为四十年前的谜团逐渐变得清晰而感到兴奋。

当然，无论结果如何，这些都只是假设，并没有确凿的证据。老师也不是超越时空的名侦探。这些只不过是老师在将其创作成小说前的一种安排。即便如此，不，应该说正因为如此，理性的兴奋感如波涛般向我袭来。

"虽然贝沼受美由纪之命接下杀人的活，但他没有勇气亲自动手。因此，为了找到一个能充当刺客的人，他举行了一次面试，进行谋杀招聘。包括前面说的那些人在内，他找遍了所有的黑社会。"

"正如老师刚才所说的那样，两人之间可能存在一种即使被命令杀人也不能轻易拒绝的权力关系，但到底是什么原因，才把贝沼逼到了这种地步呢？自己不行就找人来办，也不是嘴上说说那样简单。而且即使成功了，报酬也不可能由美由纪老师支付，肯定是贝沼来出。本来通过黑社会秘密招募犯罪者就需要花费时间和精力,还很有可能被有恶意的人利用,如果这件事被人公开,那贝沼的社会地位将会受到损害。"

"的确,对贝沼来说没什么好处,甚至可以说是得不偿失。在正常情况下,他但凡说句'别说这种傻话',或者开个低级玩笑,虽然美由纪会发火或者发笑,但肯定就能蒙混过关。然而贝沼却没有这样做。"

"不知道他是不是真的喜欢美由纪。如果老师把这件事改成小说的话,贝沼会有什么样的理由呢?"

"确实,仅仅因为是情人关系有点缺乏说服力。其实刚才我也提到过一些,比如贝沼在性爱方面是个不折不扣的变态狂,照片之类的证据就掌握在蛭田美由纪手里。如果对方不听话,她就向社会公开,因此他才无法抗拒。虽然我觉得是陈词滥调,但我也想不到其他出人意料的原因了。"

"原来如此。你追求的果然是 whodunit[①] 啊。"

"嗯。啊,什么?"

"老师你认为谁会是杀死贝沼的真凶呢?换句话说,谁是参加谋杀应聘的第三者?从这个意义上来说,这是本案的主要焦点。"

"嗯。确、确实。"

"凶手的话,老师认为谁是凶手最出人意料?"

"是啊。虽然可以随便设定,但让凶手突然出现在最后的解谜场景中是绝对不行的,要从一开始就隐晦地给出一个名字,并且要时刻提醒读者有这样一个人,不这么做的话会很糟糕。"

"而且动机也要尽早交代。"

"啊,那是什么意思?"

---

① Whodunit 是由情节驱动的侦探小说,其中关于谁是凶手的谜题是主要焦点。向读者或观众提供案件线索,在故事本身达到高潮之前就可以从中推断出犯罪者的身份。

"贝沼这样做的理由啊。如果在最后一幕才开始阐述他的动机,是因为这样那样的怨恨,再加上过去的因缘,这样一蹴而就的话,有点不太好。"

"那当然了。最好是在早些时候就设置好。"

"如果可以的话,在指出谁是凶手的同时,还能刻画出在此之前谁都没有想到过的犯罪动机,使二者完美地契合。"

"换句话说,通过推理识别出真凶身份的过程,同时也阐明了事件中的意外动机——是类似这样的结构吗?嗯,如果最后是简单到不需要赘述就能漂亮结束的内容的话,当然是再好不过的……"老师困惑地眨了眨眼睛,"但是,你怎么想呢?在这次的故事中,可能稍微有点难度。如果真的想这样做,就得从头开始创作一个全新的角色。"

"其实不用追加,不是已经有最适合的凶手人选出现了吗?那可是个相当巧妙的人物啊。"

"难道说河原井先生有什么好主意吗?如果有的话,我倒想听听。这可能会让你有些抵触,但即便让我付创意费也可以。"

"在这种情况下,只有一个动机可以考虑。那就是谋杀应聘。"

我虽然很激动,但是老师好像没有领会我的意思,歪了一下头。"嗯,咦,是什么?"

"关键的第三者为了钱接受了贝沼的面试。和田才的情况一样,也是熟人介绍来的。那人在月见里之后,于晚上九点去了贝沼建筑设计事务所。当然,他不知道工作内容是杀人,并在接受完贝沼的面试后大吃一惊。"

"不好意思。确定是'他'吗?有没有可能是女性?"

我点了点头。其实我本不打算这样做的,但在不知不觉间竟装模作样地停顿了一下。

"光是杀人的要求就让人大吃一惊,但对他来说,贝沼指定的目标名字才最令人惊讶。"

"什么?目标,是植松还是河原井先生?不,他不会因此惊讶,因为这两个名字在那个时候还没出场。我说得对吧?贝沼没有把名字告诉田才和月见里。但你却说那个第三者知道目标的特征?这就很难想象了,因为,啊,难道说那个第三者接受了这份工作?"

老师一口气喝完没有泡沫的啤酒,打了个嗝。他的脸已经变得通红。

"是的,他接受了,所以贝沼才会透露目标的名字。然而,听到这个名字的第三者感到惊讶,因为那个人对他来说很亲近,是不能让他死的。原来如此,原来如此。这就是动机。第三者为了保护指定目标的生命,瞬间杀了贝沼……"

"这是一个非常好的点,但事实上,即使是第三者,也像田才和月见里一样,没有获知目标的名字。只是他当场就知道了贝沼要杀谁。"

"呃……呃,那是?"

"目标是潜入中学旧教学楼的年轻男子。因为贝沼是这么说的,所以他马上就能明白。'哎,什么?这个家伙想杀的不是我吗?'没错,那个他就是赞井茂治。"

老师的眼睛因为醉意开始变得浑浊无神,虽然他在朝着我看,但他眼神明显很迷离,应该是在发呆。

"那天晚上,赞井像往常一样来到美由纪的公寓。那时的氛围并不诱人,而且之后他还要出去处理一件事。他打算做完后再回到公寓,慢慢享受鱼水之欢。"

老师的眼睛对上焦了，镜片后面是一种恐怖的眼神。

"然后那个电话来了。美由纪始终闷闷不乐，但赞井做梦也没有想到，接电话的人竟然是他要去见的男人的妻子。赞井暂时离开公寓。这时美由纪对他说了这样的话：'喂，对面无人的教室里有人在看我们呢。真的，最近一直都在。我还以为过几天就会走了，但是大意了，太讨厌了。因为实在很恶心，今天晚上完事以后潜入那里，把那些色情狂抓出来吧。你一直说自己很厉害，那这次就帮我一下吧。'"

老师默默地耸肩，保持下巴贴在胸口的姿势，眼睛向上看。

"赞井敷衍地回答完后，向京町路的贝沼建筑设计事务所走去。他就是九点前来应聘的第三者。赞井当然会当场自我介绍。因此，贝沼清楚地知道，第三个面试的人是赞井茂治。"

"然而……然而，为什么？"

"命运开了一个玩笑。我推测美由纪没有向贝沼说明详细的情况。只是大概说想摆脱一直来自己公寓里的麻烦的年轻人，并已经说服他去中学的旧教学楼里了，只要在那里埋伏，杀了他就行。"

"那样的话……贝沼不知道他要杀的年轻男子叫赞井茂治……不可能，那太傻了。"

老师昏昏沉沉地不再看向我这里。他摇摇晃晃地站起来，一言不发地走出会客室。

"辛苦了，老师，啊，要送您到房间吗？"津端小姐问道。我从她侧面抬起手掌打了声招呼后，便紧跟在老师身后。

从儿童游乐区走过多功能大厅，穿过走廊往住宅楼走去。也不知道老师有没有注意到跟在他身后的我，头也不回地走进公共食堂正对面的私人房间。那间屋子紧挨挂着"河原井安夫"门牌的房间。田才浩永……他完全没有注意到我。他的真名根本不是德增大希。

田才年轻的时候想成为作家。知道以前的同学是推理作家，也许是太过羡慕和憧憬吧，陷入自己就是德增大希的妄想之中。因为津端小姐等相关工作人员都了解情况，所以总是配合地称他为"老师"。

田才今晚根本就没有开车回所谓的那个家。这里就是他的家。我一直相信他是一个真正的作家，直到前几天我很惊讶地发现了真相。

我应该小心不再被骗了，但是今晚又被忽悠了。哎呀，哎呀！

我一边感叹自己记忆力的衰退，一边改变前进的方向，伸手去摸父亲私人房间的拉门。慢慢地打开门，一个仰卧在床上的老人正在呼呼大睡。

谁，这是谁？这位老爷子是谁？好像有印象，又好像没有。我呆呆地回头看。

我在住宅楼的走廊漫步，但是走着走着突然没有了方向感。不，本来应该是没有方向的，但脚却自己动起来了。我有一种感觉，快到家了。

因为对作家这个职业的憧憬而认定自己是德增大希的田才。如果他是一个被妄想所困的人，那我就是被过去所困的人。

忘不了，美由纪。忘不了你的事。

美由纪，美由纪……你在哪儿？啊，她好像已经死了。不，不是，死的是河原井的妻子。

我的美由纪，越是回想她的模样，脑子里就越是笼罩着像雾霭一样的东西，越来越白，越来越浑浊。不知什么时候，我看见一直疏远我的美由纪站在某个便利店的收银台前……不顾她讨厌的表情和她纠缠不清的男人……月见里？那是月见里吗？从他那里得知美由纪和她丈夫现状的我，看来是设法将自己融入河原井的角色里了……不……不对，不，不对，我原本就是她的丈夫，美由纪是……美由纪。

美由纪肯定在家呢。一定是的，她现在正在家等我回去。

突然出现在我面前的是我和她住的房子的名牌，上面赫然写着"赞井茂治"。

"GUZEN NI SHITE SAIAKU NO KAIKOU" by YASUHIKO NISHIZAWA
Copyright © 2020 Yasuhiko Nishizawa
Illustration copyright © Gen Arai
All Rights Reserved.
Original Japanese edition published by Tokyo Sogensha Co., Ltd
This Simplified Chinese Language Edition is published by arrangement with Tokyo Sogensha Co., Ltd. through East West Culture & Media Co., Ltd., Tokyo

图书在版编目（CIP）数据

偶然而恐怖的相遇 /（日）西泽保彦著；温雪亮译 . — 北京：新星出版社，2023.10
ISBN 978-7-5133-5328-1

Ⅰ.①偶… Ⅱ.①西… ②温… Ⅲ.①推理小说－小说集－日本－现代 Ⅳ.① I313.45

中国国家版本馆 CIP 数据核字 (2023) 第 181890 号

午夜文库
谢刚 主持

偶然而恐怖的相遇

[日] 西泽保彦 著；温雪亮 译

责任编辑	刘 琦
责任校对	刘 义
责任印制	李珊珊
装帧设计	hanagin

出 版 人	马汝军
出版发行	新星出版社
	（北京市西城区车公庄大街丙 3 号楼 8001　100044）
网　　址	www.newstarpress.com
法律顾问	北京市岳成律师事务所
印　　刷	北京天恒嘉业印刷有限公司
开　　本	910mm×1230mm　1/32
印　　张	7.125
字　　数	124 千字
版　　次	2023 年 10 月第 1 版　　2023 年 10 月第 1 次印刷
书　　号	ISBN 978-7-5133-5328-1
定　　价	48.00 元

版权专有，侵权必究。如有印装错误，请与出版社联系。
总机：010-88310888　传真：010-65270449　销售中心：010-88310811